ALEXANDRA KUI

RABEN SEELE

ROMAN

BLOOMSBURY
BERLIN

Mehr über unsere Autoren und Bücher:
www.berlinverlag.de

MIX
Papier aus verantwortungsvollen Quellen
FSC® C083411

ISBN 978-3-8270-1218-0

Umschlaggestaltung: ZERO Werbeagentur, München
Gesetzt aus der Baskerville und der Gotham von Fagott, Ffm
Druck und Bindung: CPI books GmbH, Leck
Printed in Germany

And I'm not sure what the trouble was
That started all of this
The reasons all have run away
But the feeling never did
It's not something I would recommend
But it is one way to live

Bright Eyes, *Lua*

PROLOG

Schickt die Verlorenen zu uns.

Wir werden sie finden.

Die Ermatteten. Die Einsamen. Die Verkorksten mit ihren verwirbelten Lebensläufen und dem todsicheren Instinkt, immer genau das Falsche zu tun, sich treiben zu lassen, wenn Strampeln das einzig Wahre wäre, gegen den Strom zu schwimmen, wo doch kein Vorwärtskommen ist, allein oder den denkbar schlechtesten Gefährten an ihrer Seite.

Die sich dennoch immer wieder neu verlieben, rettungslos, wild entschlossen, weil sie das Leben trinken wie Champagner, den sie nicht bezahlen können. Die ihr Haus auf Treibsand errichten, statt hinter die eigenen Fassaden zu schauen. Denen Geld und Glück wie Wasser durch die Finger rinnt.

Wasser, aus dem wir geformt sind.

Merkt ihr, wie oft ihr unsere Worte im Munde führt, und doch seid ihr überzeugt, wir hätten keine? Eure Ignoranz, euer ständiges Geplapper: Ihr seid das Rauschen, nicht wir. Unser unterirdisches Herz, Quelle unseres Lebens, ist härter und stärker als ein Muskel aus Fleisch und Blut. Wir sind schon so viel länger hier als ihr, auch wenn Verweilen wider unsere Natur ist.

Wir haben mehr zu sagen.

Hört ihr es nicht?

Nein, auf dem Ohr seid ihr taub, die meisten von euch jedenfalls, nur die Verlorenen lauschen gebannt. Sie erkennen unsere Wärme im Sog eisiger Kraft und nehmen Kontakt auf.

Ja, du auch. Wir können dich spüren, weißt du? Wir sind immer in deiner Nähe, egal wo du dich versteckst. Unser Flüstern trägt weit.

Wir fühlen mit dir. Deine Verluste wiegen schwer. Leider müssen wir dir sagen, es ist noch nicht vorbei.

Ein Fahrzeug, das dir vertraut ist, eine windwiderständige Kiste aus blauem Blech, erklimmt zügig die Hochstraße Richtung Auf-Nimmerwiedersehen, quält sich mit der Steigung, den Windungen und den schmierigen Resten von Hagel, der vor Stunden fiel. Die Straßenlage: bedenklich, zu hoher Schwerpunkt. Im Handschuhfach scheppert es, die Lüftung verteilt den Geruch der Hundedecke aus dem Kofferraum gleichmäßig, scheitert aber an der Aufgabe, die Fenster freizupusten. Kein Zweifel: Dieser Kleinwagen ist schon als Haufen Schrott zur Welt gekommen. Um den ist es nicht schade.

Alles beschlagen, dazu plötzlich Nebel. Auch das noch! Widerwillig drosselt die Frau hinterm Steuer das Tempo, putzt ihre Brille an der Bluejeans, kalkuliert in Gedanken die Strecke, die vor ihr liegt, neu: Noch vierzig Minuten Zuckelei bis zur Bundesstraße. Von dort an dürfte es schneller gehen, mit ein wenig Glück und Geschick erreicht sie die Autobahn in einer Stunde. Dann nichts wie nach Hause, der Rest ein Kinderspiel.

Sie irrt sich.

Irrt sich, wenn sie hofft, sie könnte deinem Abgrund jetzt noch entkommen, dafür hat sie sich längst aus freien Stücken viel zu tief reingehängt. Irrt sich noch mehr, wenn sie glaubt, sie fährt langsam genug.

Ihr kaputtes Rücklicht kommt ihr in den Sinn. Als sie den Lada im Rückspiegel entdeckt, hat sie eine winzige Chance: anhalten, und zwar sofort. Aussteigen. Weglaufen. Wie zu erwarten war, ergreift sie sie nicht. Denn sie will ja weit weg, weg von dir, will es mit derselben Intensität, mit der sie vor wenigen Stunden noch hin zu dir wollte, und sie ist schlecht zu Fuß. Dass sie eine noch viel schlechtere Autofahrerin ist, darüber denkt sie nicht nach – als hätte ihr Mann es nicht oft genug erwähnt, was sie dumm und machohaft fand, aber das war es nicht. Es war Sorge, berechtigte Sorge.

Sie murmelt deinen Namen, steuert so weit wie möglich an den rechten Fahrbahnrand, um Platz zum Überholen zu machen, doch das viel zu ruckartig ausgeführte Manöver bringt nicht den gewünschten Erfolg: Anstatt auszuscheren, heftet sich der Lada an das Heck des Kleinwagens, und zwar bedrohlich dicht. Eine Kollision scheint unausweichlich.

Ob die Frau hinterm Steuer sich hundertprozentig sicher wähnt, was den Lada betrifft? Natürlich tut sie das! Sie mag wenig Ahnung von Autos haben, aber sie kann zwei und zwei zusammenzählen, deshalb ist sie ganz sicher: Du fährst.

Sie zieht ihre vermeintlich logischen Schlüsse, beginnt, vor sich hinzustammeln, Rechtfertigungen auszustoßen, die direkt an dich gerichtet sind, als könntest du ihre Stimme über das Gebläse, das Scheppern und die Motorengeräusche hinweg hören. Ihr vorherrschendes Gefühl: Das alles ist ein paar Nummern zu heftig für sie. Womit sie recht hat.

Denn sie ist das, was ihr einen einfachen und liebenswerten Menschen nennt, eine leidlich gute Ehefrau, eine hingebungsvolle Mutter. Manchmal fragt sie sich, ob das schon alles war, dann benötigt sie ein kleines Abenteuer. Betonung auf klein.

Unnachgiebig folgt ihr der Lada, das Spiel kommt in die Gänge, es heißt Katz und Maus. Scheinwerfer blenden auf, ein Gleißen im Nebellicht. Hat die Maus je eine Chance?

Der Rücken der Frau ist verschwitzt, das Unterhemd klebt auf der Haut, die Halsschlagader pocht heftig, während sie immer wieder in den Rückspiegel schaut und den Kurven, die vor ihr liegen, zu wenig Aufmerksamkeit schenkt. Stattdessen denkt sie an ihren Mann, die Kinder und sogar an den Hund.

Eine lebenshungrige Strähne entweicht der sorgsam zurechtgefönten Anordnung ihrer Frisur und fällt über das rechte Auge. Sie schüttelt den Kopf, um besser sehen zu können, nimmt eine Hand vom Lenkrad zur Hilfe, doch die Bodenwellen machen an dieser Stelle, was sie wollen. Der Kleinwagen schlingert, bricht hinten aus. Wieder eine viel zu heftige Lenkbewegung, ge-

folgt von einer ausufernden Korrektur. Das Auto neigt sich zur Seite – und damit fällt die Entscheidung.

Als die Rechtskurve auftaucht, die manche an trüben Tagen auch für eine Linkskurve halten, passiert alles wie von selbst, dazu braucht es keinen Lada mehr.

Die Katze bleibt zurück, das abgerundete Rechteck des Bullenfängers ein feixend aufgerissenes Schandmaul. Die Maus im freien Fall.

Das Fehlen des stetigen Sirrens der Straße unter den abgefahrenen Reifen ist das Signal, das sie erstarren lässt, noch bevor sie fühlt, wie ihre Eingeweide sich heben, um Sekundenbruchteile später mit Wucht gegen ihre Bauchdecke zu prallen. Die Schwerkraft bekommt den Wagen schnell wieder unter die Kandare, wie durch ein Wunder aufrecht, auf allen vieren zugleich und ohne größere Schäden. Schnauze voraus geht es abwärts.

Die Frau hinterm Steuer kreischt auf und macht sich schon darauf gefasst, samt blauer Blechkiste am nächsten Baum zu zerschellen, aber alles, was am Hang Wurzeln geschlagen hat, springt plötzlich behände zur Seite, so kommt es ihr zumindest vor: Hainbuchen, Eichen, Fichten – keine ist ihr Schicksal. Lediglich Unkraut und ein paar Zweige werden abrasiert. Dann der Moment des Eintauchens, überraschend weich.

Der Wald überlässt uns den Vortritt.

Was können wir dafür?

Wir sind, wie wir sind.

Nicht aufzuhalten. Lediglich unter größter Anstrengung von Mensch und Material ist es denkbar, unsere Kräfte nutzbar zu machen, vorübergehend in sichere Bahnen zu lenken, doch davon kann hier keine Rede sein.

Die Frau kämpft mit der Fahrertür, obwohl unser Druck unüberwindbar ist, solange der Innenraum noch trocken liegt. Ihre Lähmung, als wir uns schließlich berühren.

Ja, in unserem Universum ist es kalt.

Ja, wir reißen und zerren und pressen das Leben aus ihr heraus.

Was können wir dafür?

Als wir, verspielt wie wir sind, ihre Brille zu fassen bekommen, taucht sie ihr nach.

Am Ende öffnen wir in allerletzter Sekunde noch die Tür für sie, und so ist es unser Verdienst, dass die Maus mehr tot als lebendig dem blechernen Elend entkommt und ein letztes Mal tief Luft holen darf, ein letztes Mal den Himmel erblickt, das Licht golden über einem Seidenschleier aus Nebelgrau.

Im Frühjahr ist immer mit Treibholz zu rechnen. Sieht sie den Erlenstamm nicht? Er erwischt sie am Kopf, und das war's dann. Ein gnädiger Tod. Also doch ein Baum, streng genommen.

Was können wir dafür?

Wir sind in unserem Element.

Wir weinen.

Wie willst du das alles durchstehen?

Wer passt auf dich auf?

Wer wird dich retten?

Wir sind hier.

1

Es gibt Regeln. Die Kleiderordnung sieht vor: weiße Bluse mit dezenten Streifen, marineblaue Weste, Namensschild. Das Hosenbein, schwarz, weiß oder blau, ist dann von korrekter Länge, wenn es mit dem oberen Fersenabsatz abschließt. Röcke nur knielang. Schrille Farben, grelles Make-up, unangemessene Körperbehaarung, alles, was in den Augen der Kunden lärmt, was Aufmerksamkeit beanspruchen oder sogar eine Aussage treffen will, die weit über die Frage: »Was kann ich für Sie tun?«, hinausgeht, ist unerwünscht. Unerwünscht, das heißt ausdrücklich nicht verboten, genau wie der Leitfaden – sechs Seiten, eng bedruckt und alphabetisch geordnet von A wie »Atem« bis Z wie »Zähne« – nicht als Vorschriftenkatalog, sondern lediglich als Orientierungshilfe verstanden werden will.

So hat es der Marktleiter formuliert, als er Lua neulich an ihrem ersten Arbeitstag die Unterlagen in die Hand drückte. »Wir sind hier schließlich nicht im Gefängnis, Frau Baron!«

Fand er das witzig?

Weiß er, dass in den letzten zwei, drei Stunden vor Ladenschluss mitesserartige Bartstoppeln sein Erscheinungsbild in eine gewisse Schieflage bringen, egal wie sorgfältig er sich am Morgen auch rasiert haben mag?

Auch wenn er laufend solche Bemerkungen von sich gibt: Lua lässt sich nicht provozieren und schweigt, die dezent betonten Lippen zu einem kundenfreundlichen Lächeln geformt.

Sie braucht den Job, obgleich sie ihn sich nicht selbst ausgesucht hat, nie im Leben ausgesucht hätte, nicht mal als Schülerin, als sie dachte, sie sei zu allem bereit, um von zu Hause wegzukommen. Nun, wenigstens das ist ihr gelungen. Oder?

Kassiererin also. Kassieren im Sinne von Einstecken, das nennt man Fügung. Lua ist gewillt, ihre Duldsamkeit unter Beweis zu stellen, jede Zumutung, der Leitfaden, der Stoppelbart, alles, was sie kränken oder provozieren müsste, ruft in ihr reflexartig Zustimmung hervor.

Richtig so.

Immer drauf.

Das geht auch fester.

Natürlich gibt es Regeln, egal wie man sie benennt, ob sie schriftlich fixiert werden, mit Fäusten, Waffen oder auf die subtile Art, ihre Verbindlichkeit ist ein Muss, ansonsten geht alles den Bach runter. Wenn das jemand kapiert hat, dann Lua, dafür braucht sie den Marktleiter nicht. Harte Schule.

2

Ganz harte Schule. Eine unvergessliche Lektion aus der guten alten Zeit am Fluss: Mäßiger Wind wehte vom Berg ins Kalte Tal, eine nörgelige, lauwarme Brise, die in Zweigen und Haaren wühlte und auf Dauer aggressiv machte, Lua bemerkte es an der Art, wie die Kellnerinnen und die Gäste der Kupferkanne sich gegenseitig angifteten. Sie bemerkte keine Veränderung an David. Er saß ihr scheinbar unbeteiligt und entspannt gegenüber, trank seinen Kaffee wie immer ohne Milch und Zucker, lästerte milde über den großstadttauglichen Milchschaum ihres Cappuccinos: »Ottes Ambitionen. Nirgends ist man vor ihnen sicher.« Und: »Früher gab's hier noch Sprühsahne. Das hatte wenigstens was.« In seiner Stimme schwang das Wissen um die Verlässlichkeit einer lang gehegten Feindschaft. Auch eine Art Anerkennung.

»Hatte was. Fragt sich nur, was?«, sinnierte Lua.

War das bereits eine Provokation? Lag es am Fön? Nein, sie erinnert sich: Es begann mit dieser entzückenden Familie aus dem Schmalspurzug.

Mit dem üblichen Stampfen und Fauchen erreichte die zum Leben erwachte Spielzeugeisenbahn die abgeschiedene Talstation, eine Haltestelle wie aus einem Ostalgie-Western, festgetretene Erde, blätternde Fraktur, nicht mal ein Gleis gab es. Wie formschön die Dampfwolke den Himmel verdunkelte. Ein wahr gewordener Traum für kleine Jungs und das Kind im Mann. Für Lua ebenfalls, sie mochte Maschinen. Das Quietschen der Bremsen, plötzlich Trubel: Passagiere, die aus den Waggons drängten, um den Rabenstein-Felsen oder die historische Bahnhofsgaststätte zu bestaunen und zu knipsen, halb Ruine, halb aufpoliertes Fachwerkschmuckkästchen. Wie verknallte Groupies folgten die Hobbyfotografen den Dampfloks an Wochenenden kreuz und quer durchs Mittelgebirge.

Die entzückende Familie, Bahntouristen in Windjacken, entzückte nicht durch Äußerlichkeiten, sondern durch ihr Zusammengehörigkeitsgefühl. Vater, Mutter, drei Jungs. Als sie ausstiegen, wollte der Älteste unbedingt den Obelisken im benachbarten Park anschauen, ein Wagnis angesichts der kurzen Haltezeit. Doch weil dem Jüngsten auf der Fahrt offenbar dermaßen übel geworden war, dass er sich schwallartig in den nächstbesten (und einzigen) Papierkorb übergab, überlegte er es sich anders und besorgte dem Bruder im Restaurant eine Cola, während der andere Bruder und der Vater Witze rissen, um den Kleinen von seiner Blamage abzulenken. Die Mutter hielt seinen Kopf. Sie waren ganz bei sich. Beieinander. Es war ihnen gleichgültig, was alle dachten.

Lua wollte das nicht sehen, ihren Gesprächen nicht lauschen, doch sie waren unwiderstehlich. Es wühlte sie auf. Erfüllte sie mit Neid. Alles konnte so einfach sein, sofern man in der richtigen Familie zu Hause war, nicht fehl am Platz, ohne zu wissen, warum. Nicht von Grund auf verkehrt.

Das eingefrorene Lächeln ihrer Mutter, wenn sie krank war: Niemals hätte sie Luas kotzenden Kopf gehalten, schon gar nicht in der Öffentlichkeit.

Und jetzt verlangte David ein Kind. Er ließ nicht locker, er sagte: »Endlich, Lua. Es wird langsam Zeit.« Dabei hatte sie keinen Schimmer, welche Version einer Mutter in ihr schlummerte, möglicherweise ebenfalls eine, die einfror. War das erblich? So vieles war erblich: Depressionen. Krebs. Vergessen. Warum nicht auch ein Hang zur Vereisung? Kaltes Blut oder so.

Prompt passierte etwas mit ihrem eigenen Gesicht. Sie erforschte ihr Spiegelbild in den Gläsern von Davids neuer Sonnenbrille: sibirisch. Minus dreißig Grad, wenn nicht noch frostiger, ganz klar eine jüngere Version von Norgard Köhler, ihrer so gar nicht mütterlichen Mutter.

»Was ist los?«, fragte David und erhielt keine Antwort.

Ihr gebrochenes Kleinmädchenherz, das sich weigerte zu schmerzen.

Der Mangel an Intensität.

An Leben.

Ohne Zögern langte er ihr eine. Auch das tat nicht weh, keine Spur eines Zwickens, auch nicht bei der zweiten und dritten Ohrfeige. Dafür waren die Schläge verstörend laut, Lua hörte sie von innen und von außen, ein Klatschen und Dröhnen. Immerhin wurden ihre Wangen jetzt wieder warm. Das Leben hatte sie wieder.

War es Lua ebenso wie der hinreißenden Familie egal, was alle von ihr dachten – und von David? O nein, keinesfalls. Sie schämte sich sehr, und kein Freiwilliger stand bereit, ihr zum Trost einen Witz zu erzählen, dabei hätte sie sicher gelacht, sie war wenig anspruchsvoll, was Pointen betraf. Der Familienvater wollte ihr zur Hilfe eilen, sie erkannte es an seinem Zögern, als der Zug abfuhr. Doch Frau und Kinder waren schon zurück im Abteil. Der Schaffner, uniformiert wie für einen Kostümfilm, steckte die Trillerpfeife in den Mund und blies kräftig hinein, die Lok stampfte bereits, die Räder rollten an.

Die Einheimischen: scheinbar ungerührt. Lieber nicht einmischen, nur hinsehen.

»Steig ins Auto«, sagte David.

Lua tat es. Kurbelte das Fenster hinunter und lauschte dem Fluss, während sie wartete.

Spätabends im Bett kam das Lachen dann doch, machte sich Luft ganz ohne Pointe. Intensiver ging es kaum.

Wie einfach ihr Leben einst war. Wie kompliziert es heute ist. Gelacht wird nicht mehr, dafür umso mehr gelächelt. Lua weiß, sie muss aufhören, an früher zu denken. Überhaupt zu denken. Es liegt ihr nicht, bringt sie nirgendwohin. Es ist eine Falle.

3

Der Reigen der Dinge. Windeln, Deo, Feuchttücher. Butterkekse und Eistee. Lippenstift, sehr rot, schwarze Wimperntusche, veganes Apfel-Shampoo aus dem Naturkosmetikregal. Vollkornnudeln und Nussschokolade, fair gehandelt. Lua prägt sich Etiketten und Produktnamen leichter ein als Gesichter.

»Haben Sie eine Kundenkarte?«

»Nein.« Diejenigen, die eine besitzen, präsentieren sie meistens ungefragt.

»Darf ich Ihnen eine anbieten?«

»Nein, danke.« – »Auf keinen Fall.« – »Lassen Sie mich damit bloß in Ruhe.« – »Das haben Sie mich doch gestern schon gefragt.«

Dazu ist sie verpflichtet. Immer fragen. Immer lächeln.

Solange der Barcode-Scanner piept, ist Lua wach und orientiert, bleibt im Rhythmus. Was sie nicht mag: Wenn niemand kommt, weil sie sich dann verliert und nur mit viel Mühe wiederfindet. Um das zu verhindern, steht sie lieber auf, räumt Regale ein oder wischt Staub bei den Kerzen im Geschenkartikelregal. Sie muss aufpassen, dass ihre Bluse sauber bleibt, sie darf die Ärmel nicht krempeln.

Ihr Engagement wird grundsätzlich gern gesehen, solange sie die Kasse im Blick behält. Niemanden länger als nötig warten lassen – noch eine Regel, fett gedruckt und doppelt unterstrichen. Lua wartet schon lange auf nichts mehr. Sie ist jetzt ein sehr geduldiger Mensch. Das redet sie sich zumindest ein, weil es ihr hilft, ihren neuen Alltag zu akzeptieren.

Einige Stammkunden merkt sie sich doch. Die Alte mit Gehwagen, die jeden Tag Nusspralinen kauft. Die Schulmädchen-Clique, alle pompös geschminkt wie für einen Abtanzball, ihre Vorliebe für Glitzer und Bonbonfarben unübersehbar. Den Mann mit dem Ehering.

Natürlich sind Eheringe nichts Ungewöhnliches, aber dieser eine an der Hand eines attraktiven Mittvierzigers mit Jungenfrisur ist Lua aufgefallen, weil er sie an die eigene Hochzeit erinnert, den schwitzigen Akt des Ring-an-den-Finger-Steckens, der nicht zu enden schien und sie und David peinlich berührte. Die brennende Kälte des Edelmetalls. Das Räuspern des Standesbeamten.

Ihre Ringe waren dem Modell des Kunden ähnlich, Graugold (eine kostspielige Rarität) mit einer schmalen Weißgoldfuge. Sie wünschte, sie wäre fähig, ihren weiterhin zu tragen, doch das wäre – ja, was eigentlich?

Unfassbar traurig.

Ein Akt der Selbstdemontage.

Absolut infam.

Womöglich trifft es Lua deswegen wie ein Schlag in die Magengrube, als ein Blick auf eine fremde Frauenhand ausreicht, um die dazugehörige Kundin als Ehefrau des Mannes mit dem Ehering zu identifizieren, denn an ihrem Finger prangt das passende Gegenstück, das ist unverkennbar. Doch während Lua den Mann auf Anhieb sympathisch fand, Typus besonnener Familienvater mit Humor, kommt ihr die Frau, die ihren Einkauf auf dem Kassenband mit Bedacht vorsortiert, automatisch wie eine Diebin vor.

»Haben Sie eine Kundenkarte?« Sie darf sich nichts anmerken lassen.

»Ja, habe ich. Augenblick.« Die Kundin zückt ihre Brieftasche, feinstes Rindsleder, ein funktionaler Handschmeichler, ein weiterer Luxusgegenstand, der direkt aus Luas altem Leben stammen könnte.

»O schade, ich muss sie meinem Mann mitgegeben haben. Er erledigt immer die kleineren Einkäufe für uns.«

Mein Mann. Der besitzergreifende Stolz einer Graugoldberingten. Hat alles. Kann alles. Weiß genau, was ihr zusteht, schlichtweg alles eben. Nur keine falsche Bescheidenheit.

Ihr Mann ist sich also (anders als David) für alltägliche Besorgungen nicht zu schade – wie nett, wie selbstverständlich eigentlich im einundzwanzigsten Jahrhundert, Partnerschaft auf Augenhöhe. Allerdings ist die Kundenkarte bei ihm völlig deplatziert, er nutzt sie ja nie. Zahlt immer mit Karte, tippt die Geheimnummer ein, ohne hinzuschauen, kontrolliert niemals den Kassenbon, kauft keine Angebotsware. So einer braucht doch keine Kundenkarte, um irgendwelche spärlichen Rabatte zu ergattern. Ist der Frau das nicht klar? Kennt sie ihn überhaupt richtig? Wäre er *ihr Mann*, wüsste Lua Bescheid.

»Kein Problem«, sagt sie. »Sie können die Punkte beim nächsten Mal nachtragen lassen. Bringen Sie einfach den Kassenbon mit.«

»Ach, das geht?«

»Ja, überhaupt kein Problem.«

Der erste Augenkontakt, unerlässlicher Bestandteil des Dienstleistungsrituals. Keine Frage, die Abneigung beruht auf Gegenseitigkeit, und sie hat etwas sehr Grundsätzliches. Lua muss im freundlichen Blick der Kundin nicht lange nach einem Signal der Herablassung suchen, sie gehört zu den Frauen, die mit minimalem mimischen Aufwand – einem Zucken um die Mundwinkel, einem kaum merklichen Heben oder Senken der Brauen – jede Menge Subtext versenden, unsichtbar für Dritte.

Wie Norgard. Ihr Eislächeln, wenn Lua mittags aus der Schule kam:

Schön, dass du wieder da bist.

Ich wünschte, du wärst nie geboren.

Die Phase der Nadelstiche, eine einzige quälende Heuchelei. Nie floss Blut. Erst in der Pubertät hatte Lua sie so weit, ihre Abneigung offen auszuleben.

Die Kundin hier dürfte leichter aus der Reserve zu locken sein. Anders als früher verfügt Lua mittlerweile ebenfalls über ein gewisses Repertoire an subtilen Blicken, ist nicht mehr auf Handgreiflichkeiten und Randale angewiesen.

Wenn sie es darauf anlegt, wird die Frau des Mannes mit dem Ehering ihr bereitwillig den Tag versauen, ihr das Maß an Hölle bescheren, das sie braucht und das ihr zusteht. Sie ist genau die Richtige dafür.

Lua intensiviert ihr Strahlen und verlangsamt das Tempo, sorgt dafür, dass sie mehrere Anläufe beim Scannen einzelner Artikel benötigt, Q-Tipps, Küchenrolle, Badesalz, je nachgiebiger die Verpackung, desto besser. Schließlich tippt sie die dreizehnstelligen Artikelnummern mit quälender Umständlichkeit von Hand ein, liest jede Ziffer einzeln vom Etikett ab, als wäre sie begriffsstutzig, während die Kassenschlange allmählich anwächst.

Machen Sie das absichtlich? Die Frage steht der Kundin ins kultivierte Gesicht geschrieben.

Natürlich nicht, antwortet Lua stumm.

Lügt Lua stumm.

»Das wären dann einundvierzig achtzig, bitte«, sagt sie und läutet die Glocke, um eine Kollegin für die zweite Kasse herbeizurufen. Sie vergisst immer, die Wartenden in der Schlange zu zählen. Mehr als fünf sollten es nicht sein, in Stoßzeiten sieben.

Es trifft sich gut, dass die Kundin nicht in bar zahlen möchte, das gibt Lua die Möglichkeit, die magischen Worte »Karte abgelehnt« auf dem Display erscheinen zu lassen, Wunder der Technik. Eine öffentliche Bloßstellung, eine Ohrfeige aus dem Hinterhalt. Irgendwann wird auffallen, dass das Scheitern des Datentransfers auf Luas Kappe ging, ein falscher Funktionscode, das kann schon mal passieren, der Marktleiter, jemand in der Zentrale, wer auch immer die Kassenberichte kontrolliert, wird einen Vermerk zu ihren Ungunsten erstellen, damit muss sie rechnen, doch solange es die Ausnahme bleibt, wird man sie nicht zur Rechenschaft ziehen.

Als Lua nach einer zweiten Karte fragt, reagiert die Kundin peinlich berührt, und wie auf Bestellung findet sich in der Schlange ein Idiot, der einen Witz über ungedeckte Bankkonten reißt. Luas Stirnrunzeln schlägt in die gleiche Kerbe.

»Vorhin hat die Karte noch tadellos funktioniert«, sagt die Kundin. »Es muss an Ihrem Gerät liegen.«

»Wenn Sie mir die Karte noch mal geben, starte ich gern einen zweiten Versuch, obwohl –«

»Nein, danke. Ich zahle lieber bar.«

»Wie Sie möchten.«

»Ich möchte vor allem von Ihnen hier nicht länger aufgehalten werden. Wenn Sie verstehen, was ich meine.«

»Natürlich. Einundvierzig achtzig. Bitte.«

Die Kundin zieht zwei Scheine aus der Brieftasche, stochert mit spitzen Fingern im Kleingeldfach, das Bedürfnis, Lua zu drangsalieren, nun für jedermann ersichtlich.

So kurz vor dem Ziel meldet sich in Lua die Stimme der Vernunft, das passiert selten in Momenten wie diesem, aber es kommt vor, und zwar immer dann, wenn sie am wenigsten Lust hat, ihr zuzuhören. Lua weiß, es ist falsch, was sie tut, ungerecht, lächerlich, es wird ihren Hunger nach Bestrafung kaum stillen, jedenfalls nicht für lange.

Dass die Geldübergabe scheitert, ist insofern wirklich ein Versehen. Es liegt am Ring. So nah hätte die Kundin ihr damit nicht kommen dürfen, das ist zu viel für Lua. Viel zu nah, viel zu viel. Sie zuckt zurück wie nach einem Stromschlag, bekommt von einer höheren Macht buchstäblich eine gewischt. Negative Energie zischt durch ihren Körper, der von Natur aus nicht geerdet ist, die Scheine fallen aufs Band, die Münze, ein Zwei-Euro-Stück, landet auf dem Boden, das Klimpern überlaut wie ein Alarmsignal, das sich in ihrem elektrisierten Kopf verselbstständigt und einfach nicht verhallen will.

»Können Sie nicht aufpassen? Entweder tun Sie das mit Absicht oder Sie sind vollkommen unfähig.« Die Frau macht keine Anstalten, das Geld aufzuheben, steht einfach da, fassungslos, provoziert, überfordert. »Was starren Sie mich so an? Soll ich mich jetzt *bücken* und hier vor Ihnen auf dem Boden rumkriechen? Wenn Sie kassieren wollen, müssen Sie schon Ihren breiten Arsch in Bewegung setzen.«

Ein Raunen erhebt sich. Hat sie wirklich »Arsch« gesagt, die Gutbetuchte mit der Rindslederbörse und dem Graugoldehering? Die Frage steht im Raum wie ein Starlet, das sich im Blitzlichtgewitter sonnt. Alle schauen hin.

Obwohl die Kollegin (eine ganz nette) inzwischen einsatzbereit an Kasse zwei sitzt, halten die Kunden in der Schlange inne, wollen wissen, was als Nächstes passiert. Beschützerinstinkte werden geweckt und wieder schlafen gelegt. Immer schön in Deckung bleiben. Immerhin: Lua spürt, wie sie ihrer Reaktion entgegenfiebern. Wie sie ihr die Daumen halten. Was wird die freundliche Kassiererin als Nächstes tun?

Tja, was tut sie? Versucht sich an einem tiefen Atemzug und bringt die Größe auf, ihren alles andere als breiten Arsch in Bewegung zu setzen.

Lua umrundet ihren Arbeitsplatz, *bückt sich*, um das Zwei-Euro-Stück aufzuheben, und obwohl sie es besser wissen müsste, ist sie verletzt, dass niemand anderes auf diese Idee gekommen ist, dass alle nur starren und Daumen drücken. Andererseits: Genau darum geht doch – um Verletzungen. Kassieren eben. Einstecken.

Luas Schuhe: klassische Ballerinas in Marineblau mit orthopädischer Einlegesohle, Kunstleder. China-Ware.

Die Schuhe der Kundin: Öko-Sneaker aus olivfarbenem Wildleder, wahrscheinlich handgefertigt, fairer Lohn, keine Kinderarbeit, CO_2-neutral. Political Correctness mit roten Schnürsenkeln.

»Entschuldigen Sie bitte«, sagt Lua von unten.

Enttäuschung macht die Runde, das war absehbar, kollektives Ausatmen: Schade, nichts passiert, kann einstecken, aber nicht austeilen.

Lua wartet, bis die Welle aus Verachtung und Mitleid, die ihr entgegenschlägt, donnernd über ihrem Kopf bricht. Darauf hat sie es angelegt, auf genau diese Art von Schmerz, betäubend und berauschend zugleich, stark genug, um für einen kurzen, schrecklich schönen Moment alle anderen Gefühle und Gedanken auszuschalten. Als er abebbt, ist sie im Film, beherrscht ihre Rolle wie im Schlaf: Sie ist eine, die alles mit sich machen lässt, sich nicht wehrt. Die auch genau weiß, was ihr zusteht, schlichtweg nichts eben.

»Das macht die doch mit Absicht!« Die Frau des Mannes mit dem Ehering sucht Beistand bei der restlichen Kundschaft. Sie will hier nicht als die Böse dastehen, man sieht es ihr an, doch sie hat kaum Chancen, noch ein paar Sympathiepunkte abzugreifen. Dafür hätte sie sich bücken müssen.

Während die Kollegin an der zweiten Kasse beginnt, die Schlange abzufertigen, bringt Lua den Bezahlvorgang endlich zum Abschluss.

Dass die Kundin beim Hinausgehen noch schnell das Wort »Miststück« mit den Lippen formt, wird ihr kaum dabei helfen, sich später besser zu fühlen, wenn ihr Zorn abklingt und sie zu ergründen versucht, was da eigentlich im Drogeriemarkt mit ihr passiert ist. Genau wie Lua wird sie Scham empfinden. Sie wird den Missbrauch erkennen, sich aber nicht als Opfer, sondern als Täterin sehen. Sie wird rätseln, wie sie so sehr die Beherrschung verlieren konnte, ausgerechnet sie, mit ihrer ausgeglichenen Art und ihrem ausgeglichenen Leben, in dem alles seine Richtigkeit hat.

Lua fühlt mit der Kundin. Sie könnte sie aufklären, weiß in dieser Sache genau Bescheid: Der entscheidende Fehler lag bereits darin, dass sie überhaupt diese Drogerie aufgesucht hat, um einen kleineren Einkauf zu erledigen, obwohl dafür doch eigentlich *ihr Mann* zuständig ist. Regeln wollen befolgt werden, so einfach ist das. Felsen in der Brandung.

4

»Hör mal, du musst dir von den Leuten nicht alles gefallen lassen«, sagt Johanna Zaborski, die nette Kollegin von Kasse zwei, später im Pausenraum, und eine andere nickt im Vorbeigehen.

»Diese Tussi vorhin, die war doch total unmöglich.«

»Hatte wohl einen schlechten Tag.«

»Du nimmst sie in Schutz? Ich fasse es nicht.«

»Ich war wirklich ziemlich ungeschickt.«

»Kann es sein, Lua, dass du irgendwie zu gut bist für diese Welt?«

Zu gut? Sie? Das wäre ja mal ein völlig neuer Ansatz, leider im Hinblick auf ihre Biografie wenig überzeugend. Lua zuckt mit den Schultern und weicht einer Unterhaltung aus, indem sie vorgibt, das Poster mit den Hygienevorschriften zu studieren. Richtig Händewaschen (mindestens zwanzig Sekunden, gründlich abtrocknen). Richtig niesen (in die Armbeuge). Die Bildchen dazu idiotensicher.

Schweigend trinken sie ihren Kaffee, schwarz und stark, ganz nach Davids Geschmack (unmöglich, bei dem Gefühl auf der Zunge nicht an ihn zu denken), bis der Marktleiter aufkreuzt und sich betont heiter, aber mit argwöhnischem Beiklang erkundigt, ob es Probleme gab.

Wenn es um Lua geht, ist er auf der Hut, dafür hat sie Verständnis. Er habe sich von Anfang an für sie eingesetzt, ließ er sie wissen, als er ihr bereits nach einwöchiger Einarbeitungszeit erstmals die Kasse anvertraute. Sein joviales Grinsen: Jeder Mensch verdient eine zweite Chance. Eine Ansicht, die man teilen kann, aber nicht muss.

Einig waren sich sie sich darüber, ihre »Vorgeschichte« nicht an die große Glocke zu hängen, was Lua so versteht: Sie hat die Klappe zu halten, während er macht, was er will, denn er ist schließlich der Boss. Lua ist unklar, wie viel der Mann über sie weiß – jedenfalls mehr, als ihr lieb ist. Insgeheim geht sie davon aus, dass er eine günstige Gelegenheit, ihr Geheimnis auszuplaudern, jederzeit ergreifen würde, und Gelegenheiten gibt es sicher viele. Sie wünschte, es ließe sie kalt.

Nachdem die Kollegin sich ausführlich über den Vorfall mit der Kundin ausgelassen hat, überfällt der Marktleiter Lua mit einer seltsamen Frage: »Was mich interessieren würde, wenn es Ihnen nichts ausmacht: Ihre Haare, dieses Rot, ist das eigentlich echt oder gefärbt?«

Es macht Lua etwas aus, schon der Gedanke daran, wie er sie aus kurzer Distanz betrachtet, ihr Haar, ihre Kleidung, jeden einzelnen Handgriff, sie spürt es genau, wenn seine Blicke sie abtasten, er entblößt sie damit und lässt sie dann nackt stehen. Dennoch antwortet sie lammfromm: »Das ist meine Naturhaarfarbe.«

»Ah ja, verstehe. Weil – für eine Färbung wäre das Rot ziemlich gewagt. Fast schon provozierend.«

»Ich könnte es überfärben. Ein wenig neutraler.«

»So weit kommt es noch«, sagt die Kollegin.

Der Marktleiter fährt sich mit der Hand übers Kinn. Ja, ja, die Bartstoppeln. Sein Bartwuchs, Luas Feuerrot – im Auge des

Leitfadens ist niemand perfekt, jeder macht sich dann und wann verdächtig, isst zu viel Knoblauch, bekommt Pickel im Gesicht oder Neurodermitis an den Händen, alles nichts, was die Konzernzentrale, also Gott, gern sieht.

»Das können wir wohl kaum von Ihnen verlangen«, entscheidet der Marktleiter.

Johanna Zaborski reicht es: »Das würde ich aber auch sagen!« Sie steht auf, wäscht sich die Hände – höchstens zehn Sekunden, wenn überhaupt –, und der Marktleiter kuscht.

Als sie allein sind, legt sie eine Hand auf Luas Schulter. Nett, wie sie ist. Luas erster Impuls: losheulen. Ihr Herz ausschütten. Wie sehr wünscht sie sich Nähe. Doch es gelingt ihr, sich zusammenzureißen.

So mies war der Tag nun auch wieder nicht, und außerdem ist Einsamkeit Teil der Strafe. Die jetzt erst so richtig beginnt, daran muss sie einfach glauben. Alles andere war bloß Kinderkram.

5

Wie Strafe funktioniert: Strafe funktioniert so, dass Lua zum Mitarbeiterrabatt von zwanzig Prozent eine Intensivtönung mit der absurden Bezeichnung *Frosty Praline* erwirbt, die sie in eine Brünette verwandeln soll.

Strafe funktioniert so, dass sie ihr Verkäuferinnen-Lächeln beibehält, nachdem der letzte Kunde längst gegangen ist, die geborene Dienstleisterin.

Strafe funktioniert so, dass nach Feierabend David auf sie wartet, gleich gegenüber auf dem Parkplatz. *Ihr Mann.* Lungert bei den Einkaufswagen vom Discounter rum. Was zur Hölle macht er da? Münzen schnorren? Obdachlos, wie er jetzt ist, eine Landstreicherseele, durch die der Frühjahrswind pfeift, den Nachklang des ewigen Winters als Ballast im Gepäck.

Zuerst hält Lua ihn für unbewaffnet, auf ihre Naivität ist Verlass. Bis sie den Genickfänger im Nacken spürt. Ganz sachte dreht sie den Kopf, erkennt das Abzeichen der Bergwacht auf dem Jackenärmel. Sein zerlumpter Parka.

Gilt es nicht, das verletzte Tier möglichst schnell von seinen Leiden zu erlösen? Abnicken heißt das, zumindest beim Rehbock. Ob auch abtrünnige Ehefrauen unter diesen Ehrenkodex fallen, wer weiß das schon? Als erfahrener Jäger müsste David sich auskennen. Dass er Lua den Gefallen nicht tut, den Stich über den Atlas verweigert, kann sie ihm kaum verdenken. Stattdessen nimmt er sein Gewehr von der Schulter, legt auf sie an und singt ihren Namen, so wie sie es verabscheut, dreimal nacheinander:

»Lua Lua Lua, was machst du für Sachen?«

Wie die Kundin nennt er sie »Miststück«, bevor er sie stehenlässt, ohne abzudrücken.

Der Wind weht kräftig, brennt in ihren Augen, hinterlässt einen verwirrenden Geschmack auf der Zunge. Blüten, Stein und Asche.

Kein Zweifel, Lua wittert die Berge, das Kalte Tal mit seinen Fichten und Vögeln, der Dampflok und den dunklen Männern, Davids Mischpoke. Sie sträubt sich dagegen, indem sie hastig ein Kaugummi in den Mund steckt, dann schließt sie den Reißverschluss ihrer Jacke und stellt den Kragen auf.

Der Wind kann ihr nichts.

Keiner kann ihr was.

Eine Straßenbahn nach der anderen hält und gleitet wieder davon, ohne dass sie auf die Idee käme, einzusteigen.

Lua kaut wie besessen, macht sich irgendwann zu Fuß auf den Weg zu ihrer neuen unwohnlichen Wohnung in einer neuen unwohnlichen Stadt: ein Zimmer, Küche, Bad – Plattenbau West. Dazu ein Balkon, der bei klarer Sicht den Blick auf das ferne Harzgebirge freigibt, wie der Makler sie bei der Schlüsselübergabe voller Stolz wissen ließ, weshalb Lua sich schwor, die Balkontür niemals auch nur zu öffnen, geschweige denn einen Fuß ins Freie zu setzen, nicht mal im dichtesten Nebel. Wo die Berge sind, fließt auch der Fluss. Sie will nicht hören, was er ihr zu sagen hat.

Lua spuckt das Kaugummi aus und ersetzt es sofort durch ein frisches, kaut, die Arme vor dem Körper verschränkt. Allmählich schmeckt sie nichts mehr außer Minzaroma.

Die Bewegung hilft ihr, sich zu sammeln, sie hört auf, Witterungen nachzuspüren, zwingt sich, nicht zurückzuschauen, ob David ihr folgt, schaut nach vorn, auf den Boden, wieder nach vorn.

Die fremden Straßenzüge im schwindenden Licht. Ihr Rückenmark unversehrt, mehr als jede andere Faser ihres Körpers.

Strafe funktioniert nicht, wenn Lua sentimental wird. Doch genau das geschieht, als sie im siebten Stock die Wohnungstür aufschließt und, anstatt den gewohnten Umweg über die Küche zu nehmen, um ein Glas Milch zu trinken, direkt den Wohnraum ansteuert. Dort wartet auf dem Schrank neben dem Schlafsofa der Pappkarton mit ihren persönlichen Gegenständen, eingestaubt, der Inhalt unangetastet, so wie er ihr vor einigen Wochen vom Diensthabenden überreicht wurde.

Lua hebt den Deckel an, ein Hustenanfall schüttelt sie durch. Gegen jede Vernunft – das einzig Vernünftige wäre es, einen Schlussstrich zu ziehen – entschließt sie sich, den Ehering in die Hand zu nehmen. Sie wird der Gravur (*Siehe, ich bin mit dir*) keine Beachtung schenken, sondern ihn sofort an den Finger stecken. Kaltes, schweres Graugold mit einer schmalen Weißgoldfuge. Kälte, die wie Feuer brennt.

Lua hat sich beruhigt, ist dermaßen gegen den Anblick gewappnet, dass sie eine Weile braucht, um zu begreifen, was sie vor sich sieht: nichts.

Jedenfalls nicht das, womit sie gerechnet hat. Ihr altes iPhone ist noch da, nebst Ladekabel, auch die lederne Brieftasche – aber andere, wichtigere Dinge fehlen: die Armbanduhr und der Moleskine, den sie nur sporadisch benutzt hat, meistens für tagebuchartige Notizen am Ende eines Tages. Der Ring, allen Ernstes. Er hinterlässt eine Leere wie der Schuss.

War es wirklich nur ein Schuss?

Einmal abdrücken, eine einzige Kugel, schneller als der Schall. Keine Serie von Explosionen, keine Maschinengewehrsalven, nur ein jämmerlicher Schuss in die Luft, der sein Ziel – eben diese Luft – auf rätselhafte Weise verfehlte. Wie kann das sein? Der Lauf der Waffe zeigte in den Himmel, Lua hat es doch gesehen.

Wer tut so etwas?

Auf Luft schießen und mitten ins Herz treffen? In zwei Herzen, um genau zu sein.

Lua starrt auf das Nichts in ihren eisigen Händen, lauscht der Leere und beginnt zu zittern. Wieso fehlt der Ehering? Es ergibt keinen Sinn. Sie zweifelt an, was sie sieht, ist sicher, den Karton seit ihrem Einzug nicht angerührt zu haben, kein einziges Mal. Aber wer war es dann?

Obwohl es irrational ist, hat sie schon wieder die Kundin aus dem Laden im Verdacht – eine Diebin, also doch. Sie und David gehören zusammen und der Mann mit dem Ehering ist der Dritte im Bunde. David ist noch nicht fertig mit ihr, sein Geist manipuliert andere, um ihr etwas mitzuteilen. Etwas Wichtiges. Doch sie kann die Botschaft unmöglich entziffern. Weiß nicht mal, ob sie das wirklich will.

Lua sinkt auf die Knie, der Karton entgleitet ihr und kippt um, der unvollständige Inhalt ein einziger Hohn. Wie das iPhone mit einem hässlichen Schleifgeräusch über das Laminat gleitet, wie das Leder plötzlich glänzt. Das Durcheinander auf dem Boden lenkt ihren Fokus erst recht auf alles, was fehlt.

Die Uhr.

Der Moleskine.

Der Ring.

David.

Warum ist sie nicht auf ihn zugegangen, vorhin bei den Einkaufswagen? Nur für eine Umarmung, die Illusion von Zärtlichkeit. Er fehlt ihr so sehr. Lua presst ihre Handballen gegen die Augäpfel, bis es schmerzt.

Ein einziger Schuss.

Wie soll sie die Leere ertragen?

Irgendwann wird sie daran ersticken.

Als ihr übel wird, nimmt Lua Embryohaltung ein, direkt vor ihrem Gesicht der verfluchte Karton. Im Kopf Davids Stimme.

»Ich sehe dich atmen. Aber ich könnte schwören, dass du die Luft anhältst.«

Das waren die allerersten Worte, die er an sie richtete, nach Mitternacht im Club. Umhüllt von Nikotinschwaden hatte Lua im Gang zwischen den Toiletten und der Raucherlounge auf ihre Freundinnen gewartet, er schien auf das Herrenklo zuzusteuern, überlegte es sich aber anders, als sein Blick sich in ihrem verfing. Wegen der Lautstärke der Musik von der Tanzfläche musste er ihr direkt ins Ohr brüllen. Die Beats rumorten in ihrem Zwerchfell. Er jedenfalls atmete kräftig und lustvoll, sie roch seinen Kaugummi (Pfefferminz, ihre Marke), seine schwarze Jeans duftete nach Persil. Lua mochte nicht nur das, sondern auch seinen Teint und seine Körperspannung, sie hatte Lust, seine dichten Brauen mit der Fingerspitze nachzuzeichnen. Greifvogelaugen. Haare wie Rabengefieder. Objektiv betrachtet war er der schönste Mensch, den sie je gesehen hatte.

Atmete sie? Weil sie sich in einem Club befanden, hielt sie das Ganze für einen Anmachspruch und wartete auf die Pointe, bis ihr bewusst wurde, dass es ihrem Gegenüber ernst war. Wie tief David, ein völlig Fremder, in ihr Innerstes geblickt hatte, einfach so im Vorbeigehen.

Sie erkannte nicht, wer er war: der Hoffnungsträger des Abends, der DJ-Stargast aus den Bergen, sein Ruf so legendär, dass sie alle seinetwegen stundenlang draußen im Regen hatten anstehen müssen. Auf den Plakaten an der Hauswand, denen sie kaum Beachtung geschenkt hatte, sein scharfzügiges Profil – und eine Messerklinge.

Sie sah an sich hinunter. Das Glitzer-Top, ihr Brustkorb, der sich senkte und hob. Natürlich atmete sie. Aber dennoch fühlte sie sich fast immer, als hielte sie die Luft an, außer wenn sie flog. Nur beim Fliegen war Lua in ihrem Element, genoss, wie der Sauerstoff in ihre Lungen strömte und sie mit einer überbordenden Energie versorgte, die sie befähigte, auf jede Situation angemessen zu reagieren – was ihr auf dem Boden eher selten gelang.

Auch jetzt nicht, da sie im Begriff war, sich Knall auf Fall ernsthafter als je zuvor zu verlieben (außer vielleicht in ihren Onkel Mattis zu Kindergartenzeiten). Ein Mal im Leben wollte sie schlagfertig erscheinen oder wenigstens sexy, optimalerweise beides. Stattdessen erstarrte sie.

Schnorchelte mit angehaltener Luft umher wie auf dem Beckenboden eines Aquariums.

Warum war ihr das selbst bloß nie aufgefallen?

Was vermisst sie heute mehr, die Fliegerei oder die Ehe? Egal, beides ist unerreichbar, wie fast alles in ihrer neuen kleinen Welt. Gerade jetzt schafft sie es ja nicht mal bis aufs Schlafsofa, bringt mit letzter Kraft die Energie auf, sich auf dem zerkratzten Laminat, eine Buchenholzimitation, wie eine Schwerverletzte vorwärtszurobben. Sie zieht das alte iPhone unter dem Heizkörper hervor, verbindet es mit dem Ladekabel und würgt den Stecker in eine verdreckte Steckdose neben der Balkontür. Alles im Liegen.

Bis das Display aufleuchtet, vergehen Minuten. Ein Sim-Kartenfehler wird vermeldet, die Anrufliste lässt sich dennoch aufrufen.

Und da ist er: Davids Name an zweiter Stelle, direkt unter dem Notruf. Lua kann nicht anders, sie muss ihn antippen, nur um der Berührung willen, um den Schmerz der vielen fehlenden Berührungen wettzumachen, ohne Hoffnung, ihn jemals wieder zu erreichen. Sie weiß, dass das Telefon nicht am Netz ist.

Dass *er* nicht am Netz ist.

Sonst würde sie ihm sagen, dass sie ihn schon damals im Gang vor den Toiletten umwerfend fand. Seine unnachahmliche Mischung aus Lässigkeit und Selbstironie. Sein Eigensinn. Sein Strahlen: hell, aber nicht ohne Zwielicht.

So ziemlich alles, was Lua an ihrem zukünftigen Ehemann sah, in ihn hineindeutete, gefiel ihr, es gefiel ihr auf Anhieb womöglich ein bisschen zu gut. Mit ihm ins Gespräch kam sie dennoch nicht, jede Bemerkung, die ihr einfiel, wäre zu groß gewesen für einen Anfang. Da hätte er sicher gleich das Weite gesucht. Ach, hätte er bloß!

David sah sie an, als wolle er sie am liebsten an sich reißen, aber er ließ sie allein, vorübergehend. Stunden später, nachdem er aufgelegt hatte und von seinen Fans dafür wie ein Messias gefeiert worden war, rauchten sie vor dem Hinterausgang zusammen eine Zigarette.

Sie lehnte sich an ihn, ihr Kopf schwerer als sonst, das Herz umso leichter, die Beine zittrig vom Tanzen (normalerweise tanzte sie nie!). Er wirkte stark und hellwach, trug nur ein T-Shirt, sodass Lua unter seiner glatten, warmen Haut die Muskeln fühlte, stark genug, um sie beide zu halten. Sie konnte kaum mehr stehen. Stand durch ihn.

Matte Böen, kein Regen mehr. Ihre windige Geburtsstadt Hamburg, die für ihn noch ein Abenteuer und für sie triste Selbstverständlichkeit war, schlingerte ebenfalls vor Müdigkeit, hatte sich verausgabt, wie es sich für eine Metropole gehört. Sogar die Elbe roch nach Schlaf.

Die Viertelstundenuhr am Michel schlug, als das fahle Morgenlicht sich veränderte, eine silbrige Note bekam. Graugold, wie Lua heute weiß.

Sie presst das iPhone ans Ohr, und da ist sie wieder, diese Leere. Das Nichts, ein ausdrucksloses Dunkel, das alle Sinne zugleich erfasst und lähmt. Stumm, bleischwer, komprimiert in einer erloschenen Verbindung.

Tote können einem auflauern, auf Parkplätzen, in geschlossenen Räumen. Sie können mit Genickfängern oder Gewehren herumfuchteln, Eheringe stehlen, unter den Lebenden Verbündete suchen und finden. Sie können sich jederzeit nach Belieben Gehör verschaffen.

Aber telefonieren können sie nicht.

6

Mitten in der Nacht. Lua, festgenagelt auf falschem Buchenholz, findet keinen Schlaf. Die Erinnerung überfällt sie trotzdem wie ein Albtraum.

Der Harz: Granit in Grau und Fleischrot. Schwer, so schwer. Nur Wasser flößt Lua noch mehr Respekt ein, und davon gibt es mehr als genug im Kalten Tal. Es rauscht und gurgelt, sickert überallhin, bis auf den Grund ihres Fühlens. Wasser, das schnell fällt und fließt. Das alles erfasst: mitreißend wie allwissend. Immer muss man dagegen an.

Eine helle Nacht.

»Ich brauche einen Krankenwagen. Schnell!«

Ihr allerletzter Abend mit David. Die langen Ferien sind fast vorbei, am nächsten Tag wollen sie nach Hamburg zurück.

»Von wo aus rufen Sie an? Was ist passiert?«

Die Handyverbindung ist miserabel, der Mann am anderen Ende der Leitung wirkt schläfrig und desinteressiert.

»Hallo, können Sie mich hören? Sind Sie noch dran?«

»Nennen Sie mir Ihren Namen und sagen Sie, was passiert ist.«

»Er stirbt!« Luas Stimme überschlägt sich. Sie klingt jünger, als sie ist, das hört sie selbst, vielleicht nimmt man ihren Anruf deswegen nicht gleich ernst. Es könnte sich um einen Streich handeln, gelangweilte Teenager, die sich gegenseitig zu den verrücktesten Dummheiten anstacheln.

»*Wer* stirbt?«

»Mein Mann. Er ist weg.«

»Ihr Mann ist weg? Woher wollen Sie dann wissen, dass er stirbt? Sie müssen mir schon sagen, wer Sie sind und was genau passiert ist.«

Pause. Lua ist außer sich vor Sorge. Ihre Zunge, raumfordernd wie ein Fremdkörper, vergisst, was zu tun ist, weigert sich, die entscheidenden Worte zu formen. Das Unbegreifliche. Lua beißt sich in die Wange, stampft mit dem Fuß auf. Alles, was sie am Ende hervorbringt, sind ein paar Tropfen Blut und wirres Gestammel.

»Haben Sie etwas getrunken?«

Sie hört sein breites Grinsen, er scheint nur mit Mühe ein Lachen zu unterdrücken. Nach dem Auflegen wird er sich an die Stirn tippen, um seinen Kollegen zu signalisieren: schon wieder so eine besoffene Irre.

Gegen ihren Willen muss Lua kichern, sie ist hysterisch, steht unter Schock, kein Wunder. Abgesehen davon hat das Gespräch ja tatsächlich eine gewisse Komik.

Weiß Gott, sie hat etwas getrunken, nicht gerade wenig. Die Flasche Rotwein vom Abendessen: Als David sie nach ihrem Streit (worüber eigentlich?) an die Wand warf, war sie leer und er stocknüchtern. Keine nennenswerten Flecken an der Wand, nur ein Meer von Scherben auf dem Boden. Sie rannte aus dem Haus, und er rief ihr nach:

»Tritt da nicht rein! Pass auf! Scherben!«

Nein, Lua hat nicht aufgepasst damals – natürlich nicht, Achtsamkeit war bei ihren Auseinandersetzungen tabu –, stattdessen ist sie sogar mit Absicht reingetreten, süchtig nach Schmerz.

Das Ende vom Lied:

Blutige Socken.

Schuhe ohne Schnürsenkel. Es ist wie im Film: Bevor sie einen einsperren, verlangen sie tatsächlich, dass man die Schnürsenkel abgibt.

Die Erinnerung an den Schmerz in ihrer Fußsohle fühlt sich so echt an, dass Lua, längst hellwach, im dämmrigen Morgenlicht nach Blutspuren auf dem Laminat Ausschau hält. Als sie keine findet, steht sie auf und räumt die Sachen von damals zurück in den Pappkarton. Dann geht sie ins Bad und färbt sich die Haare.

7

Ein Geräusch, das frontal auf die Stille knallt: Es klingelt. Schwere Schritte auf der Treppe. Die Silhouette, die auftaucht, ist Lua auf eine so ergreifende Weise vertraut, dass sie die Hand vor den Mund pressen muss, um nicht aufzuschreien.

Da ist Mattis.

Gegen jede Logik steht er vor der Wohnungstür. Ihr Lieblingsonkel und Ex-Arbeitgeber. Norgards Bruder. Familie also, »bucklige Verwandtschaft«, wie David, der Ungebundene, zu sagen pflegte. Nicht einmal ihre erste Begegnung mit seinem Geist hat Lua dermaßen kalt erwischt.

»Lua? Ich weiß, dass du da bist. Komm, mach auf!«

Keine Bitte, sondern ein Befehl, das passt zu ihm. Lua tritt einen Schritt zurück. Mattis klingelt und klopft, anfangs noch halbwegs dezent mit den Fingerknöcheln, wie es sich gehört, später mit den Fäusten. Ausgeschlossen, dass er freiwillig wieder abrücken wird, bevor er losgeworden ist, was er loswerden will.

Beschimpfungen wahrscheinlich, vielleicht aber auch eine Umarmung. Oder beides, möglicherweise eine Umzugskiste mit Büchern oder Klamotten oder Küchenutensilien, Zeug von früher, das ihm auf einmal furchtbar auf die Nerven gegangen ist, weil es seit dreieinhalb Jahren in seiner Garage vor sich hin kümmert. Seit er freiwillig die undankbare Aufgabe übernahm, die Hamburger Wohnung für sie aufzulösen.

Sie im Knast.

David verdammt in alle Ewigkeit.

Niemand mehr da, der Miete zahlte, und die Miete war hoch (vier Zimmer, zwei Bäder, Wohnküche, Jugendstil).

Wenn es etwas gibt, das Mattis verabscheut, dann Schulden.

»Lua, mach die Tür auf.«

Ihre verwandten Augen begegnen sich im Zentrum der Weitwinkellinse, dasselbe Hellblau mit Sprenkeln von Schmutz, nach außen hin dunkler werdend. Sie wünschte, er würde wieder gehen.

»Mach endlich auf.«

Und Lua macht auf.

Endlich.

Mattis gibt keine Erklärung ab, sondern marschiert einfach an ihr vorbei in den Wohnraum, tritt hinaus auf den Balkon, wo er eine geraume Weile verharrt, bis er schließlich ins Halbdunkel des winzigen Flurs zurückkehrt, einen verhärteten Zug um die Mundwinkel.

»Hier hast du dich also verkrochen. Was für eine scheußliche Bude.«

Was für ein stattliches Familienoberhaupt. Jetzt ist Lua doch froh, ihn zu sehen. Nach der langen Zeit. Er hingegen starrt sie an, wie er einen Kratzer im Lack einer seiner Luxuskarossen oder seines Lieblingshelikopters anstarren würde. Äußerst unfroh.

»Wieso hier?«, fragt er.

»Wieso nicht hier?«

»Warum diese Stadt?«

»Zufall. Es hätte auch jede andere sein können.«

»Das glaube ich dir nicht.«

Weil es gelogen ist. Ihre Wahl hätte keineswegs auf *jede* andere Stadt irgendwo auf der Welt fallen können, natürlich nicht, wohl aber auf jede andere hier in der Gegend. Sie kann nichts dafür. Das Kalte Tal hält sie an der langen Leine. Gefangen im Sühnemodus.

»Mit Bergblick«, kommt Mattis zur Sache.

Luas Herz schlägt wild. Er ist ein schlechter Zuhörer, aber ein hervorragender Beobachter. War er schon immer.

»Nicht wirklich.«

»Ich habe den Harz vom Balkon aus gesehen.«

»Du *weißt*, dass er da ist.«

»Und du weißt es auch, Lua. Und? Schon mal wieder dort gewesen?«

»Nein. Sollte ich?«

»Und wie du das solltest.«

Onkel Mattis hat Geduld bewiesen, das rechnet Lua ihm hoch an. Anstatt Briefe zu schreiben oder sie mit Anrufen und Besuchen zu kompromittieren, stellte er seinen Pragmatismus unter Beweis, erledigte stur, was zu erledigen war, nachdem sie ihren Anwalt darum gebeten hatte, entsprechende Signale an ihre gesamte Familie auszusenden. Ihr Ziel: allein mit allem fertig zu werden.

Wie naiv dieser Wunsch war, dürfte ihm von Anfang an klar gewesen sein. Dass er irgendwann bei ihr aufkreuzen würde, ist so unlogisch nun auch wieder nicht. Sie hätte es ahnen können. Ahnen müssen. Doch wohin jetzt mit ihm?

Im Wohnzimmer gibt es nur das ausziehbare Schlafsofa vom Restpostenmarkt, und Lua hat sich seit ihrem Einzug nicht ein einziges Mal die Mühe gemacht, es zusammenzuklappen und das Bettzeug im Schrank zu verstauen. Aber selbst im aufgeräumten Zustand wäre der Zweisitzer, niedrig und mit einer marshmallowartigen Sitzfläche, eine zu offensichtliche Zumutung für Mattis' lange Beine.

Also bittet Lua ihn, in der Küche Platz zu nehmen, immerhin hat sie, warum auch immer, als Gesellschaft für den quadratischen Esstisch aus weiß lackiertem Furnierholz gleich zwei hässliche Stühle in derselben Farbe besorgt.

Mattis sitzt verkrampft, steht nach wenigen Sekunden wieder auf und blickt ihr beim Kaffeekochen über die Schulter, anschließend inspiziert er ihren Kühlschrank: Butter, Toastbrot, abgepackter Gouda und ein halber Apfel, den er ihr wie ein Beweisstück zu ihren Ungunsten unter die Nase hält. Das braun oxidierte Fruchtfleisch. Seine anklagenden Bewegungen. Würde nicht der Duft von frischem Kaffee genau jetzt den Raum fluten, liefe Lua Gefahr, in Tränen auszubrechen.

»Möchtest du was essen?«, fragt sie.

»Rühreier. Speck.«

»Hab ich nicht. Wie du ja gesehen hast.«

»Wie kannst du so leben?«

»Ohne Eier?«

»Ganz genau.«

Das ist lustig. Für einen kurzen Moment begegnen sich ihre Blicke, und sie müssen beide lachen, können überhaupt nicht mehr damit aufhören, bis er sie kurz und kraftvoll an sich drückt.

Mattis, immer noch ein Baum von einem Kerl, gut einhundert passabel verteilte Kilo. Er trägt das obligatorische karierte Hemd, das im Bauchbereich kaum merklich spannt, während die Uralt-Jeans wie üblich zu weit sitzt, vor allem am Hintern. Nichts an ihm, außer vielleicht das rötliche Haar (dieses Rot!), sieht nach altem Geld aus, nach Gründerzeitvilla, Unternehmertum, hanseatischer Arroganz, er besitzt die Aura eines Mannes, der zupacken kann – und wie er das kann –, er passt eigentlich ganz gut in die Resopalplattenromantik von Luas neuer Bleibe.

Und doch gibt er sich nach dem überraschenden Gefühlsausbruch umso hartherziger dem Drang hin, sie wegen ihres Niedergangs herunterzuputzen. Was ihn besonders zu provozieren scheint: *Frosty Praline.* Sie versucht sich auszumalen, was er vor sich sieht, wenn er Lua anschaut. Vermutlich dasselbe, was wohl die meisten sehen, seit die Dinge aus dem Ruder liefen (Leute wie die Polizisten, die Richterin, der Marktleiter): eine filigrane Frau, eher ein Frauchen, durchscheinend bis zur Unkenntlichkeit, Hang zu bläulichen Lippen, schutzsuchend, still. Die lehmige Chemikalie, unter der sich jetzt das verräterische Rot ihrer Haare verbirgt, das Rückschlüsse auf eine andere Facette ihrer Persönlichkeit zulässt, untermauert diesen Eindruck noch. *Frosty*, das passt in vielerlei Hinsicht. Tatsächlich fand Lua, als sie sich vorhin im Spiegel betrachtete, ihre Wirkung als Brünette unterkühlt, dabei in keiner Weise cool oder lässig, sondern eher – ?

Erloschen.

Nichts in ihr scheint noch für irgendetwas zu brennen.

Mach es dir nicht so einfach, würde David jetzt sagen. Sagt Mattis an seiner Stelle.

Mattis und er, das passte von Anfang an wie die Faust aufs Auge. Eine echte Männerfreundschaft.

Lua hört ihrem Onkel zu und schenkt ein. Der Kaffee ist ihr zu stark geraten. Mangels Milch trinken sie ihn schwarz, genau wie David ihn mochte.

David.

Wo bist du?

Was machst du mit uns?

Wie seine Abwesenheit seine Präsenz bestimmt. Er nicht tot, sondern allgegenwärtig, trinkt mit ihnen Kaffee, atmet dieselbe abgestandene Küchenluft, teilt ihrer beider Wut, Familienwut. Ihre Unfähigkeit, miteinander zu reden, obwohl oder weil das Gefühl von Zusammengehörigkeit nicht kaputtzukriegen ist. Kennt er ja aus den letzten Tagen ihrer Ehe.

Mattis nennt ihn beim Namen. Luas Mann. Um sie, die Mörderin, anschließend mit einer Fassungslosigkeit zu betrachten, die sie als Ekel interpretiert, als umfassende und absolut berechtigte Missbilligung einer Wahnsinnstat.

»Warum?«, fragt er dann auch, und noch bevor Lua sich zu ihrem Selbsthass bekennen kann, herrscht er sie an: »Geh mir aus den Augen.«

Einem Befehl ihres Onkels Folge zu leisten versteht sich von selbst, aber Lua kommt nicht weit. Im Flur hat Mattis sie eingeholt, packt sie am Arm und schleudert sie gegen den Türrahmen des Badezimmers. Wiederholt seine Frage nach dem Warum, aber präzisiert sie anders als erwartet. Nicht ihr Grund, einen Menschen zu töten, interessiert ihn, er will lediglich seinen verletzten Patriarchenstolz auf ihr abladen. Als würde sie nicht schon genug Ballast mit sich herumschleppen.

»Warum hast du mich nicht angerufen?«

Wann genau hätte sie das denn seiner Meinung nach tun sollen? Nach der Tat, damit er ihren Arsch rettet? Oder vorher schon, um sich über den Niedergang ihrer Ehe auszuheulen?

Seine Hände umspannen ihren Schädel. Ich könnte dich umbringen, sagt sein Blick.

Dann tue es doch, erwidert ihrer.

Ihre absurde Gelassenheit, wenn jemand gewalttätig wird. Auch Mattis' Wut treibt sie damit auf die Spitze, sein fester Griff wird zur realen Bedrohung für Luas Leben, sie spürt, wie er kurz davor ist, ihren Hinterkopf gegen die Wand oder den Türrahmen zu schlagen, wieder und wieder. Bis aufs Blut. Es wäre ein Leichtes, wehren würde sie sich nie und nimmer. Seine großen warmen Hände. Ihre Knochen wie Wachs.

»Jetzt brauchst du auch nicht mehr bei mir angekrochen zu kommen«, knurrt er, als er schließlich loslässt. »Es ist zu spät.«

Ihre Stimme klingt geradezu lächerlich sachlich. »Du hast an meiner Tür geklingelt.«

»Und das war ein Fehler. Deine Mutter hat schon genug durchgemacht. Deinetwegen.«

»Komm, Mattis. Halt Norgard da raus.«

Wie seltsam, denkt Lua. Immer wenn sie und Mattis einen Konflikt austragen, geht es am Ende um Norgard. Darum, dass er glaubt, seine kleine Schwester vor Lua beschützen zu müssen. Vielleicht war das ja der Grund, warum sie ihn in jener Nacht eben nicht angerufen hat.

Was ebenfalls seltsam ist: die Selbstverständlichkeit, mit der sie nach diesem Vorfall wieder in der Küche Platz nehmen, als sei nichts geschehen. Mattis lässt sich ein Brot toasten, das er dick mit Butter bestreicht und in null Komma nichts verschlingt. Lua entscheidet sich für die Apfelhälfte. Vitamine tanken.

»Mein Auto ist voll mit deinen Sachen.«

»Hab ich mir gedacht. Ist zufällig mein Ehering dabei?«

»Ganz bestimmt nicht. Wie kommst du denn darauf?«

Schulterzucken.

»Was willst du damit? Du bist nicht mehr verheiratet, Lua. Du bist Witwe.«

Das Wort öffnet sich wie ein Schlund, der sie verschluckt. Es kaut sie durch und spuckt sie dann zu ihrer eigenen Verwunderung lebendig wieder aus, damit sie seine Bedeutung in Frage stellen kann.

Witwe?

Witwe!

Verdient sie so einen Ehrentitel überhaupt? Hat der einsame

fehlgeleitete Schuss vor der großen Leere sie nicht eher zu einer geschiedenen Frau gemacht?

Und müsste David prinzipiell nicht irgendwie ein toterer Toter sein? Wie heißt es doch so schön? Das Opfer *hinterlässt* eine Ehefrau. Nun, von hinterlassen kann hier definitiv keine Rede sein.

»Ich will ihn verkaufen«, behauptet sie.

»Du brauchst Geld?«

Sie nickt.

»Ich könnte dir etwas leihen.«

»Ist nicht nötig.«

»Weil du ihn tragen willst, oder?«

»Wie bitte?«

»Du willst den Ring nicht verkaufen, sondern tragen. Für wie blöd hältst du mich, Lua? Du würdest deinen Ehering nie im Leben versetzen. Du willst ihn dir wieder an den Finger stecken, und nach allem, was passiert ist, finde ich das, ehrlich gesagt, eine ziemlich beschissene Idee.«

Schweigen.

Lua isst ihren Apfel.

Mattis raucht eine Zigarette und verlangt mehr Kaffee.

»So warst du schon immer. Sagst A, aber nicht B.«

»Was ist A?«

»Du ziehst in seine Nähe, willst seinen Ring tragen.«

»Und B?«

»Du stellst nicht die richtigen Fragen.« Er stockt. »Was hat David dir angetan? Und was du ihm?«

»Du kennst die Antworten.« Wenn er nicht wahrhaben will, was passiert ist, ist das sein Problem, nicht ihres.

Er hebt die Hände, deren Umklammerung sie immer noch auf der Kopfhaut spürt. »Das sehe ich anders. Die haben ja nicht mal die Tatwaffe gefunden.«

Davids Gewehr. Er nannte es handlich, eine Ansicht, die Lua nicht teilen konnte, aber sie hatte auch keinen Vergleich. Sie hasste Waffen. David zufolge brillierte die Repetierbüchse mit trockenem Abzug und beeindruckender Durchschlagskraft, damit hatte er vor seinen Jägerfreunden im Kalten Tal geprahlt, wo jeder Typ mit Langeweile nach Belieben in der Gegend herumzuballern schien – und Typen mit Langeweile gab es genug.

Noch heute fühlt Lua das federleichte Schwergewicht einer einzelnen Patrone, die Hohlspitze der Hülse (konstruiert, um sich im Fleisch der Beute pilzförmig auszudehnen) blank und verheißungsvoll wie ein mit Liebe und Kunstfertigkeit geschmiedetes Schmuckstück.

Sie hört das Klicken, mit dem der Verschluss des Ladefensters einschnappte, nachdem David das Magazin von oben beladen hatte, ein sattes Geräusch.

Man musste nur minimal den Zeigefinger krümmen, um abzudrücken, kaum mehr als ein Zucken, es war frappierend einfach.

Obgleich der Rückstoß schwach war, machte er Lua zu schaffen. Der Geruch nach Schießpulver und feuchter Erde umnebelte ihre Sinne, der Knall verlieh ihr kein Selbstvertrauen, sondern erschreckte sie maßlos.

Wie die Welt vibrierte, die Luft klamm vor Nässe. Wie sich die gut geölte Tötungsmaschine nach dem Schuss auf ihrer Schulter schwermachte, als ob sie nach getaner Arbeit erschlaffte, mit sich und der Schöpfung im Reinen. Die Glätte des cremeblonden Schafts trotz allem eine Wohltat.

Insgeheim wüsste Lua auch liebend gern, wo sich das Gewehr befindet, wenn es nicht gerade mit seinem rechtmäßigen Besitzer durch irgendwelche Parallelwelten geistert. Noch etwas, das ohne ersichtlichen Grund fehlt.

»Was brauchst du noch, um aufzuwachen, Lua? Was?«, fragt Mattis, und als sie darauf sehr lange nicht reagiert, kein Wort, nicht mal ein angedeutetes Schulterzucken, brodelt das Schweigen zwischen ihnen so heftig, dass das Austeilen und Einstecken von weiteren Handgreiflichkeiten unausweichlich scheint.

Komm schon, Mattis, was zuerst? Wohin wollen deine großen Hände diesmal auf mir?

Er könnte sie schütteln, das ist nicht zu übersehen.

Sie sich schütteln lassen.

Heiße Wut.

Kalte Kehlen.

Mattis hat es anscheinend nötig, sich ihr überlegen zu fühlen. Immerzu muss er ihr das Gefühl vermitteln, mehr zu wissen als sie. Wozu? Sie ist kein Kind mehr.

Sosehr ihr die Fliegerei auch fehlt, Lua ist froh, nicht mehr für ihren Onkel arbeiten zu müssen. Mattis, der Überflieger, hat keine Macht mehr über sie, solange sie es nicht zulässt. Genauso wenig wie seine kleine Schwester.

Im Platzregen holt er die Kartons aus seinem Auto, schleppt einen nach dem anderen in die Wohnung, wo sie sich viel zu breit machen. Unbeschriftet, nach Garage stinkend, versperren sie den Zugang zum Balkon, was Lua eigentlich freuen müsste, doch dem ist nicht so. Sie will einen klaren Schnitt – und erstickt in Altlasten. Wie soll das funktionieren?

Gestelzt spricht sie Mattis ihren Dank aus.

Er winkt ab und verabschiedet sich.

Im Treppenhaus, als Lua bereits im Begriff ist, die Tür zu schließen, dreht er sich noch einmal zu ihr um: »Tut mir leid, wenn ich dir zu nahe getreten bin.«

Eine seltsame Umschreibung.

»Bist du nicht.«

Nah bei Lua ist woanders. Sie hat selbst keinen Schimmer, wo genau.

Er versucht ein Lächeln, das nicht gelingt und ohnehin fehl am Platz ist. »Die Haarfarbe war schuld. Du machst die Tür auf und siehst plötzlich aus wie Norgard. Das hat mir den Rest gegeben. Sie hat unheimlich gelitten, weißt du?«

Luas zynische Antwort liegt in der Luft, ohne dass es nötig wäre, sie auszusprechen: *Im Gegensatz zu mir.*

»Ich weiß, ich weiß«, sagt Mattis. »Du hattest auch eine schwere Zeit, aber wenigstens ist sie vorbei. Jetzt bist du frei, also mach was draus, etwas Besseres als das hier. Du bist erst dreiunddreißig. Fang noch mal ganz von vorn an.«

»Und die richtigen Fragen?«

Er zuckt mit den Schultern. »Vergiss es. Ziehe einen Schlussstrich. Und wenn du wirklich mal Geld brauchst, lass es mich wissen. Du kennst meine Nummer, ruf mich einfach an. Jederzeit.«

Lua nickt kalt. *Frosty.*

»Komm gut nach Hause«, sagt sie und lässt die Tür ins Schloss fallen.

Frei.

Dreiunddreißig.

Wie soll sie zu diesem Alter zurückkehren?

In einer Stunde beginnt ihre Schicht.

8

Das gefrorene Gesicht. Lua entdeckt es in der Straßenbahn, keine Armlänge von ihrem entfernt, senkt reflexartig den Kopf, um nicht erkannt zu werden, außerstande, nach dem kleinen Familientreffen in aller Frühe nun auch noch ihre Mutter zu ertragen. Norgard reagiert synchron. Ein Vorhang frostig pralinenbrauner Haare fällt hier, fällt dort, spiegelverkehrt – eine Reflexion im Plexiglas einer Trennwand. Was für eine Verwechslung! Mattis hat es ja gesagt, die Ähnlichkeit ist frappierend.

Luas Wunsch nach Bestrafung meldet sich zurück. Bekommt neue Nahrung, als sie auf dem Parkplatz zwischen Discounter und Drogeriemarkt einen Streifenwagen entdeckt. Ihr linkes Augenlid beginnt zu zucken, das Norgard-Haar weht im Wind.

Die Polizisten können gekommen sein, um einen Ladendieb zu verhaften.

Um sich etwas zu essen zu kaufen.

Um einen Unfall aufzunehmen.

Nein! Lua spürt, sie sind ihretwegen hier. Wie jedes Mal, wenn sie irgendwo Blaulicht oder eine Polizeiuniform sieht, treibt ihr das schlechte Gewissen den Puls in die Höhe.

Frei – von wegen. Was soll das überhaupt sein? Obwohl sie nicht groß ist, duckt Lua sich ein bisschen. Bereit für eine erneute Verhaftung betritt sie den Laden.

Als sie ihn keine halbe Stunde später mit hängenden Armen und Schultern wieder verlässt, ist sie freier als zuvor, und es fühlt sich noch haltloser an.

Ungebunden.

*Frei*gestellt.

Der Weg an die Kasse, das letzte Bollwerk gegen die Selbstauflösung, versperrt.

»Bleiben Sie ein paar Tage zu Hause«, hat der Marktleiter angeordnet, ohne Lua ins Gesicht zu sehen. »Bis die Sache geklärt ist.«

Die Sache: Geld, das fehlt. Irgendwer muss es ja genommen haben, jemand von der Belegschaft, logisch, dass der Verdacht auf sie fallen würde, die Neue mit Vorgeschichte. Die jetzt auf wundersame Weise doch an der großen Glocke hängt.

Zuspruch gab es im Flüsterton von der netten Kasse-zwei-Johanna: »Lass nicht zu, dass die Schweine dich fertigmachen.« Ihre verschwörerische Miene dazu. Als wüsste sie längst alles über sie. Und hieße es gut.

Lua malt sich aus, was die Kollegin über sie denkt (was alle denken): Noch eine dieser Frauen, die nach jahrelangem Ehe-Martyrium ausrasten und ihren Peiniger ins Jenseits befördern. Mit einer Tranchiergabel. Mit Feuer und Benzin. Oder, wie in ihrem Fall, ganz profan mit der nächsten greifbaren Schusswaffe. Lua Baron, die Duldsame. Das Hascherl. Die Geschichte ist gut, boulevardtauglich, jeder kapiert sie auf Anhieb (Lua selbst eingeschlossen), sie wurde zwischen Harz und Hollywood oft genug verbreitet, um sich quasi von allein zu erzählen, und, was das Beste ist, in der Optimalversion gibt es ein bittersüßes Happy End. Es trägt die Überschrift Freispruch.

Frei, frei, immer wieder dieses Wort, die Mutter aller Lügen. Der Richterin wenigstens drei Jahre aus dem Kreuz zu leiern war unter diesen Vorzeichen ein hartes Stück Arbeit für den Staatsanwalt. Körperverletzung mit Todesfolge.

Nach der Verhandlung Blitzlichtinferno.

»Werden Sie in Berufung gehen?«

»Bereuen Sie Ihre Tat?«

Lua bereute verzweifelt und nahm das Urteil an. Nein, sie war nicht unzurechnungsfähig damals auf der Anklagebank, vielmehr ist sie es heute. Der Film gerissen, die Reporter abgezogen, das Publikum enttäuscht. Nur sie kommt nicht aus der Nummer raus. Weiß nicht, wohin mit sich.

Ihre Verlorenheit, als sie durch die immer noch fremden Straßen der, wie Mattis zu Recht betonte, keineswegs zufällig gewählten Zufallsstadt taumelt.

Heftige Schauer kommen und gehen, verwandeln die Straßen in Flussläufe, Autos und Passanten in Treibholz. Lua stellt sich nicht unter, will lieber weiter, reiner Instinkt. Denn je länger sie unterwegs ist, desto sicherer weiß sie: Sie ist nicht allein. Jemand folgt ihr, jemand, der ihre hektischen Schritte imitiert, sodass sie in ihrem Kopf nachhallen wie Ambossschläge, jemand, der sich spielerisch ihrem Rhythmus anpasst, Jäger genug, um immer genau dann mit der Umgebung zu verschmelzen, wenn sie sich umdreht. David! Wer sonst? Mensch oder Geist?

Im Zickzackkurs hetzt er Lua vor sich her, bis sie die lange vierspurige Gerade stadtauswärts erreicht, Richtung Autobahn. Motorenlärm, links und rechts Sehensunwürdigkeiten aller Nachkriegsepochen, Mietskasernen, Autohäuser, Baumärkte. Die Harzberge, die unsichtbar anziehend, direkt voraus.

Lua bleibt stehen. Im Schaufenster einer Änderungsschneiderei begegnet sie ihrem Spiegelbild erneut und hat nichts als Verachtung für sich übrig. Sie ist doch wirklich ein verhuschtes Ding mit ihren fahrigen Bewegungen, klitschnass, vom Schicksal gezeichnet. Kein rotes Haar als Kontrapunkt, kein Ring am Finger. Arme Sau.

Fast hätte sie vor lauter Selbstmitleid den Parka übersehen, irgendwo im Hintergrund zwischen zwei in zweiter Reihe geparkten Lieferwagen schwebend – verschwommen, aber in seiner zerlumpten Vertrautheit unverkennbar. Auf dem Ärmel das Abzeichen der Bergwacht: Edelweiß. Die Gestalt, die ihn trägt, hat die Kapuze tief ins Gesicht gezogen, kein Wunder bei dem ständigen Platzregen. Eine vorwitzige Haarsträhne zeigt sich dennoch. Könnte auch eine Rabenfeder sein. Edelschwarz.

Als Lua den Blick vom Schaufenster abwendet und zur Straße blickt, kann sie niemanden mehr ausfindig machen, was sie kein bisschen wundert. Ebenso wenig dass die Jagd fürs Erste vorüber ist.

Zurück in ihrer Einzimmerzuflucht reißt Lua all ihren Vorsätzen zum Trotz die Balkontür auf und wird von einer Böe erfasst, die direkt aus dem Kalten Tal zu kommen scheint. Der Fluss atmet sie an. Die perlende Frische der Oberfläche. Das faulige Geheimnis seiner Eingeweide. Kein Zweifel, er lauert auf sie.

Die Tür gehört geschlossen! Lua kämpft mit dem Wind und der Verriegelung, erringt einen Sieg. Mit schwindenden Kräften greift sie nach ihrem alten iPhone, um ein weiteres Mal Davids Nummer zu wählen. Ein Junkie, bereit für den goldenen Schuss.

Was sie irritiert: Als sie am Vormittag die Wohnung verließ, lag das Gerät noch immer auf dem Boden vor der Heizung, über das Ladekabel mit der Steckdose verbunden. Wieso befindet es sich jetzt auf dem Sofabett?

Und wieso taucht Davids Name nicht mehr in der Anrufliste auf? Der Schreck durchfährt Lua wie ein Fieberschauer, ihr Zeigefinger irrt über das Display, zittert, wischt, tippt.

Vergeblich. Genauso unvermittelt, wie der Ehering sich in Luft aufgelöst hat, sind nun auch die Daten ihres Mannes vom Telefon verschwunden, egal wo sie nachforscht, Kontakte, E-Mails, Kurznachrichten – David existiert nicht mehr. Metaphorisch ergibt das Sinn, logisch ist es nicht.

Ohne Erfolg versucht Lua, seine Nummer aus dem Kopf einzutippen. Wie oft hat sie sich früher vorgenommen, sie auswendig zu lernen, anstatt blind einem Datenspeicher zu vertrauen. Versagt Technik nicht immer dann, wenn man sie am meisten braucht?

Sie *braucht* diese Nummer.

Den Graugoldring.

»David, was machst du mit mir?«

Die Frage treibt Lua vor sich her, hält sie wach, bis sie im Morgengrauen barfuß auf den Balkon tritt. Nasser Beton. Wieder ein regnerischer Morgen. Da steht sie nun in einer Pfütze und friert, während tief unter ihr eine schmale Gestalt im Bergwacht-Parka auf den Gleisen der Straßenbahn balanciert. Fort von ihr.

Ja, sie sieht Geister. Wird von Dämonen verfolgt, wie wohl die meisten in diesem grässlichen Viertel, in dem sicher niemand ohne ein Mindestmaß an Realitätsverlust über die Runden kommt. Im schmutzigen Zwielicht wirkt die Trabantensiedlung mit ihren teilsanierten Wohnklötzen so konsequent trostlos, dass diese Beharrlichkeit schon fast wieder etwas Erheiterndes hätte, wäre da nicht das blauschwarze Gewölk am Horizont, Ausläufer des seit Tagen wetterbestimmenden Atlantiktiefs, zusammengestaucht und ausgebremst, wo Berge ihnen den Weg versperren.

Wo Kalte Kehlen Luas Namen rufen.

Der Harz – zum Teufel.

Warum nicht auf sie hören?

Auf den Gleisen am Ende der Straße verschmilzt ein Schemen mit der Stadt.

Wenig später donnert ein Rettungshubschrauber über den Balkon hinweg und landet auf einem Parkplatz ganz in der Nähe, wie von Mattis exklusiv für Lua bestellt. Um noch mehr Erinnerungen heraufzubeschwören.

Bereits der ferne Klang der Rotoren, das Zerreißen der folienstarren Atmosphäre, elektrisiert Lua auf eine herrlich altbekannte Weise. Sie beschirmt die Hand mit den Augen und beobachtet, wie der Pilot den Schwebflug einleitet. Ein zweimotoriger Eurocopter, nichts für Anfänger.

Lua träumt sich ins Cockpit. Fliegt, nein, balanciert durch die Luftschichten, eins mit der Technik. Der Hubschrauber ist ein verspieltes Insekt mit Flügeln aus Titan, eine Libelle, die immer irgendwo anders hinwill, ausharren, kreisen, trudeln. Die Vibrationen des Stahlbodens. Das silberne Schildchen neben der Instrumententafel: *Safety First.* Früher, hoch über dem Hamburger Hafen, reflektierte es die Morgensonne in ihrem Rücken so stark, dass sie ihren Kaugummi draufklebte, um nicht geblendet zu werden.

Lua rekapituliert das Zusammenspiel von Stick, Pitch und Pedalen: Die linke Hand muss anders denken als die rechte, die Füße agieren gegen beide an. Je tiefer sie sinkt, desto stärker werden die Verwirbelungen am Boden. Die Landung ist nicht elegant, aber sie gelingt.

Sie könnte schwören: Die Gestalt auf der Trage, die von Sanitätern in den Heli verladen wird, trägt einen Parka. Ein bewusstloser Arm. Das Abzeichen der Bergwacht: Edelweiß. Eigentlich steht Lua auf ihrem Balkon viel zu weit weg, um überhaupt irgendetwas zu erkennen.

Wenn sie nur wüsste, was ihre Augen sehen, was ihr halbblindes Herz. Seit David tot ist, seit jener Spätsommernacht am Fluss, kann sie nie wirklich sicher sein.

Wo liegt die Grenze zwischen Wahn und Wahrheit?

Irgendwann spürt Lua Schmerzen in den Händen, bemerkt, dass sie das Geländer umklammert hält mit aller Kraft. Ihre weißen Handknöchel. Die bläulichen Adern.

»Okay«, sagt sie laut und meint die Kalten Kehlen ebenso wie David und ihren Onkel. »Ihr habt gewonnen. Ich mache mich auf den Weg.«

9

Unruhig ragten die Felsformationen des Kalten Tals neben Lua empor, zerklüftete graue Steinwände mit Kanten wie Klingen, Spalten und Vorsprüngen, atemberaubend steil und doch nicht steil genug, um junge Birken von dem Versuch abzuhalten, mittendrin zu siedeln. Suchend hängen Teile des Wurzelwerks in der Luft, greifen ins Nichts. Das Moos, leuchtend grün, hat es da leichter.

Eigentlich müsste es das Enge Tal heißen, denkt Lua nicht zum ersten Mal. Wie mit dem Beil ins Gebirge getrieben. Der Legende nach soll allerdings ein Blitz am Werk gewesen sein, der sich dann, erkaltet und seiner Leuchtkraft beraubt, in einen Wildwasserfluss verwandelte: die Kalten Kehlen. Der Fluss heißt so wegen seines unermesslichen Durstes und seiner kaum verhohlenen Grausamkeit. David zufolge wurde der Name früher wie ein Geheimnis gehandelt, und auch heute noch vermeiden es die Einheimischen, ihn auszusprechen. Als bringe er Unglück.

Lua ist fast am Ziel. Nach stundenlanger Bahnfahrt, zunächst in der Regionalbahn mit Brockenblick, dann mit der Schmalspurbahn im Schneckentempo durch dichten Märchenwald, eingezwängt zwischen Touristen, die sangen. Den letzten Teil des Weges legt Lua zu Fuß zurück. Heimwärts, denkt sie im Takt schneller Schritte, die nichts mit dem heillosen Taumeln vom Vortag gemein haben. Wie ihr Kopf ohne jedes Zutun auf Autopilot schaltet. Eine Wohltat.

Heim! Als wäre sie anstelle von David hier geboren. Als wäre nicht er es gewesen, der darauf bestanden hatte, sich jeden Sommer mit ihr hierher zurückzuziehen, anfangs gegen ihren Willen.

Jetzt ist Lua überzeugt, das Murmeln und Flüstern des Flusses rechts von ihr sei allein für sie bestimmt. Lauter fließende Sätze. Das Wasserblinzeln durch Zweige hindurch: verschwörerisch.

Ich habe dich erkannt.

Lua blinzelt zurück. *Ich weiß.*

Wir, die Durstigen. Von überallher rauschen Rinnsale über den offenbar runderneuerten Asphalt der Uferstraße, fallen Tropfen aus Granit, alles fließt zusammen, wo es hingehört. Die Sonne blitzt zwischen Schauerwolken hervor. Wie gern lässt Lua sich blenden. Sie schöpft Wasser, das aus einem Felsspalt dringt, spritzt es sich auf die Wangen und berührt mit den Fingerspitzen eine gelbgrüne Flechte.

Heim. Die Gischt, die ihre vermurksten Haare benetzt, kalter Atem des Flusses. Ein Tannenzapfen, der ihr vor die Füße fällt. Der Käfer, den sie gerade noch rechtzeitig bemerkt, um ihn nicht zu zertreten, sein metallisch schimmernder Panzer eine Täuschung.

Wie schnell alles zu Ende sein kann. Ein falscher Tritt, ein Streit, ein einziger Schuss!

Wie leicht sich wieder Schwere einstellt.

»Glück auf!«

Lua, gefangen in ihrem Gedankenkarussell, hebt den Kopf und blickt in betagte Naturburschenaugen, ortsüblich dunkel: Julius Fichte, einer ihrer Nachbarn, wobei von räumlicher Nähe kaum eine Rede sein kann). Unterwegs mit dem Kaltblütergespann, das er aus der Garage holt, um entweder Feriengäste herumzukutschieren oder wenn er für den heimischen Ofen Treibholz aus dem Fluss fischen will. Heute Letzteres. Der Leiterwagen Marke Eigenbau Ost ist bereits mannshoch beladen.

»Glück auf«, erwidert sie. Den alten Bergmannsgruß mochte sie schon immer. Vor allem aus dem Munde alter Bergmänner.

»Raffholz.« Julius Fichte zwinkert verschwörerisch und deutet auf seine zusammengeklaubten Vorräte. »Und du, Lua Baron? Mal wieder in der Jagdhütte nach dem Rechten sehen? Willst du mitfahren? Ich bring dich runter bis zum Rabeneck.«

Als sei nichts geschehen. Als sei ihr plötzliches Erscheinen – überdies mit gefärbtem Haar – ebenso das Normalste von der Welt wie die jahrelange Abwesenheit zuvor. Lua soll es recht sein.

»Das wäre ja ein Umweg für euch. Schafft der Blonde das?« Sie streichelt die überhaupt nicht kaltblütige Pferdenase.

»Kein Problem. Seit die Straße gemacht ist, erst recht nicht. Die reinste Rennbahn.«

Frischer Asphalt.

Wer braucht so was hier?

Früher, wenn sie ankamen, egal ob Wochenendtrip oder Jahresurlaub, ließ David immer einen Zwanzigerjahre-Mitschnitt der Comedian Harmonists über die Anlage des Audi A3 laufen:

Irgendwo auf der Welt gibt's ein bisschen Seligkeit
Und ich träum' davon schon lange, lange Zeit.

Davids Wangen bekamen dann einen Stich ins Rosarote, ein schöner Kontrast zum dunklen Haar. Die Rechte am Lenkrad mit dem Ring, der zu ihrem gehörte. Graugold, Weißgoldfuge. Die Linke schwebte derweil in der frischen Luft, denn die Uferstraße namens Hals fuhren sie mit runtergelassenem Fenster, goldene Regel, auch bei Regen oder Schnee, in größter Hitze. Sein versonnener Heimkehrerblick.

Er meinte es nur bedingt ironisch mit den Comedians und der Seligkeit, nein, als erfolgreich verpflanztes Berg- und Talkind mit nervöser Großstadtgattin hielt er Ironie zwar für angemessen, aber die Songauswahl war für ihn schlussendlich eine bitterernste Angelegenheit.

Bitterernst – bittersüß.

David, der Weitgereiste, kehrte gern zurück, was nicht jeder von sich behaupten kann. Es wies ihn als Glückskind aus. Er sagte es ja selbst immer wieder: *Mir scheint dermaßen die Sonne aus dem Arsch, Lua, das reicht für uns beide.*

Sein persönlich-vertrauliches Irgendwo begann genau hier, auf dieser Route längs der Kalten Kehlen. Uraltpiste, mit Wasser und Schlamm gefüllte Schlaglöcher, bröckelnde Kanten, all das gehörte dazu. Hals: der Schwur, abseits ausgetretener Pfade unentdeckt zu bleiben.

Die neue Anfahrt hingegen ist eine offene Einladung für jedermann mit ihrem glatten Belag und der Querneigung, die alles vernünftig abfließen lässt – deutschem Ingenieursfleiß sei Dank.

Dank? Nicht mit Lua. Nirgendwo Pfützen. Nichts bröckelt. Der einst verwunschene Weg zur Jagdhütte, Davids Geburtshaus, das er ihr noch zu Lebzeiten vermachte, hat sich in etwas Beliebiges verwandelt. Wie eine schwarze Natter windet sich die Straße durch das Tal.

Wer braucht so was hier?

Heiko Otte, wer sonst. Davids Lieblingsfeind, Investor, Hotelier und Göttergatte ihrer ehemals besten Freundin Nadja. Ein Macher, der am liebsten die ganze Region von ihrem düsteren Image befreien will. Wollte er zumindest damals.

Früher, das weiß sie noch, haben Ottes Projekte Lua ein Stück weit fasziniert. In ihren Augen waren er und David sich gar nicht so unähnlich. Beide verströmten eine große Wärme, die jedoch auf Reibung beruhte. Sicher, David wollte, dass sich hier im Kalten Tal nie etwas ändert, Otte kämpfte für das Gegenteil. In ihrer Kompromisslosigkeit hätten sie Brüder sein können. Wobei Otte die meisten Einheimischen an seiner Seite wusste. Die vorherrschende Meinung: Genau so jemanden braucht man, um etwas zu bewegen. *Wozu Berge versetzen, mitten im Harz?*, pflegte David dagegen zu spötteln. Nun, da er nicht mehr lebt, übernimmt Lua, ganz Witwe, automatisch seinen Standpunkt – und ärgert sich maßlos über die neue Straße.

»Und, was ist nun? Mitfahren, oder laufen?« Julius Fichte wartet noch immer. »Na los, gib dir einen Ruck und steig auf mit deinen Siebensachen.«

Lua steigt auf. Die Siebensachen (mehr sind es tatsächlich nicht) finden neben Treibholz und Kettensäge gerade noch Platz.

»Und die Rennbahn gefällt?«

»Und ob gefällt die. Von vorn bis hinten picobello. Etwa nicht?«

»Picobello«, stimmt Lua zu. »Habt ihr sie schon in Heiko-Otte-Allee umgetauft?«

Julius Fichte lacht auf. »Tja, Otte, ohne den läuft hier gar nichts, weißt ja.«

»Weiß ich ja.«

»Wenigstens tut er was für Rabenstein.«

»Wenn es sonst schon keiner tut.«

»Eben.«

Hufgetrappel, Flussgeflüster. Sie passieren das Haus der Fichtes: rot getünchtes Fachwerk, schiefer Giebel, das Andreaskreuz aus Schlägel und Eisen, das Verbundenheit zum Bergbau symbolisiert, als Wappenbild neben dem Eingang – Silber und Gold.

Farben ihrer Ehe.

Gleich nebenan, also mehr als tausend Meter entfernt, vermieten die Ottes Blockhäuser an Feriengäste. Die hölzernen Blumenkästen sind mit Primeln bestückt, Nadjas Werk. Einladend.

Lua erkundigt sich nach Julius' Frau Hilde (neue Hüfte), seinen Bluthunden (neuer Zwinger) und nach den Geschäften mit den Touristen (eher schleppend, man könne jedoch wegen der Straße nicht gleich auf ein Wunder hoffen).

Julius erkundigt sich zunächst nach nichts, und das ist ebenso überraschend wie angenehm. So können sie Gesprächspausen mit Fachsimpeleien über das Wetter überbrücken.

Doch die Pausen werden länger. Mit der einen Pferdestärke kommen sie kaum schneller voran, als Lua zu Fuß gewesen wäre, zumal der Blonde sich keinesfalls hetzen lässt. Nicht dass sein Brotgeber es versuchen würde. So laufen die Dinge hier nicht. Das sollte Otte beim Luftschlösserbau unbedingt bedenken.

Und schließlich will Fichte doch wissen, warum sie gekommen sei. Nach all der Zeit.

»Wie du schon sagst: um nach dem Rechten sehen.«

»Müsste eigentlich alles in Ordnung sein bei euch.«

»Ach ja?«

»Ja. Wenn du den Lada wieder fitmachen lassen willst, ruf Otte an. Der schickt Gunni vorbei.«

Der Lada! Sie besitzt einen Wagen. Wie konnte sie das vergessen?

»Gunni?«

»Gunnar Teubel. Der Indianer.«

Lua erinnert sich: ein Einheimischer mit hüftlangem Pferdeschwanz. Jemand, den sie nie besonders mochte. Jäger natürlich.

»Was hat der denn mit meinem Lada zu tun?«

»Der betreibt jetzt die Werkstatt oben an der Bundesstraße. Läuft gut. Er kennt die alte Karre und weiß, was zu tun ist. Er hat sie ja auch aufgebockt und ab und an den Motor laufen lassen, damit die Batterie sich auflädt.«

»Die Batterie«, wiederholt Lua, weil ihr nichts Intelligenteres einfällt.

Eine Gruppe Motorräder donnert vorbei. Die Fahrer hängen sich tief in die nächste Kurve, der geringe Abstand zum Blonden eine Rücksichtslosigkeit, die Luas Ansicht nach an Tierquälerei grenzt. Aber das schwere Pferd hält die Spur und zeigt keinerlei Anzeichen von Nervosität, ein Kaltblüter, also doch.

Lua wartet, bis der Lärm verklungen ist. »Ich meine, wie kam er dazu, die Batterie von meinem Lada aufzuladen?«

»Das haben dein Vater und Otte so besprochen.«

Ihr Vater – wer soll das nun wieder sein? Wohl kaum der Steuerberater, mit dem Norgard verheiratet ist, seit Luas Erzeuger sich auf Nimmerwiedersehen verabschiedete.

»Mein Vater ist mir nicht bekannt.«

Julius Fichte heftet seinen Rabenblick länger auf Lua, als ihr lieb ist. Malerisch, wie er da auf dem Bock sitzt, die Zügel locker in den Händen.

»Der Flieger ist nicht der Vati?«

Lua ist froh, als bei ihr der Groschen fällt. Mattis im Kalten Tal mit großem Auftritt aus der Luft, das passt. Bloß keine Büßerhaltung einnehmen. Logisch mussten er und der lokale Platzhirsch aufeinandertreffen. Naturgesetze sind nicht kleinzukriegen, schon gar nicht inmitten der Natur.

»Ich glaube, du redest von meinem Onkel – Mattis Greve. Der müsste hier gewesen sein. Aber wie konnten er und Otte mal eben so beschließen, dass sich der Indianer um unser Auto kümmert?«

Eine Frage, die sie wohl eher an Mattis selbst richten sollte als an Julius Fichte.

Er beantwortet sie dennoch: »Wieso nicht? Otte hat deinem Onkel Hilfe angeboten, nachdem ihr weg wart, du und David, und er plötzlich hier alles zu organisieren hatte. Es musste doch was passieren. Der gute Mann konnte schließlich nicht ständig mit dem Hubschrauber von Hamburg hierherfliegen, das geht ja wer weiß wie ins Geld.«

Lua weiß wie: zwanzig Euro pro Minute Minimum. Nein, Mattis, dem guten Mann, hätte sie auch nicht zumuten mögen, mehrmals im Jahr den Heli zu bemühen, um hier am Arsch der Welt nach dem Rechten zu sehen. Natürlich war es aus seiner Sicht folgerichtig (und vor allem kostengünstiger), einen Einheimischen zu beauftragen. Verärgert ist sie dennoch: Otte – ausgerechnet. Da haben sich ja zwei gefunden.

»Er kümmert sich eben um seine Leute«, sagt Fichte versonnen. Lua ist unklar, von wem jetzt die Rede ist. Von Mattis oder Davids Lieblingsfeind.

Auf Nachfragen verzichtet sie. Die Unterhaltung hat sich ohnehin in die falsche Richtung entwickelt, zu persönlich, sie hätten beim Wetter bleiben sollen. Lua ist in eine alte Falle getappt: diese bescheuerte Zutraulichkeit, sobald jemand nett zu ihr ist. Was soll das? Was ist sie, ein Kätzchen?

Nachdem ihr weg wart, hat Fichte gesagt. Eigentlich eine Ungeheuerlichkeit, nonchalant verschleiert. Weg – von wegen.

Erschossen.

Eingeschlossen.

Aber stattdessen: Ihr wart weg. Punkt. So läuft das hier also, erst waren sie da, dann weg, Leute kommen und gehen. Adieu, adieu und Ruhe im Tal.

Das Wasser schneidet den Stein. Fließt.

Wie sehr hat Lua sich noch im Zug vor den Reaktionen der Einheimischen gefürchtet! Ihre Sorge, als Mörderin bespuckt zu werden: überflüssig? Halten es alle so wie Fichte?

Höchstwahrscheinlich.

Je länger Lua darüber nachdenkt, desto unglücklicher stimmt sie diese Erkenntnis. Der Schmerz ist erstaunlich. Irgendwie schockiert es sie, dass Fichte kein Wort über David verliert. Die beiden mochten einander, waren so etwas wie Freunde.

»Alles in Ordnung?«, fragt der alte Mann, als sie durch die Haarnadelkurve zuckeln, die der Fluss in seiner grenzenlosen Verspieltheit, seinem Drang, sich aufzubäumen, zu wirbeln, der Straße diktiert hat.

Lua nickt, obschon etwas in ihr laut schreit, eine erwachende Stimme, eins mit dem Wasserwüten. Nichts ist in Ordnung! Genau wie einst Lua selbst, als sie in einer Gefängniszelle in ihrem Selbsthass badete, macht es sich auch Davids Rabenfreund verdammt einfach: Sieht einen Mann, der in einem Speiselokal seine Frau ohrfeigt – kommt vor. Sieht eine Frau, die sich erst zu wenig wehrt, dann zu viel – kommt davon.

Die Wirklichkeit ist viel komplizierter, bedarf der Interpretation. *Ihrer* Interpretation.

Und, wenn es denn aus dem Jenseits heraus möglich wäre, auch Davids.

Die Armseligkeit ihres Selbstbetrugs.

Der Selbstbetrug der anderen.

Damit wird sie sich auseinanderzusetzen haben, wenn sie irgendwann wieder nach vorn blicken will.

»Heiko-Otte-Allee, der war gut«, sagt Fichte zum Abschied. »Das würde ihm gefallen.«

Nur dass die Uferstraße bereits einen Namen besitzt, der zu ihr passt.

»Ich denke, der hat sich hier am Hals schon genug verewigt.«

Dieses verdammte Asphaltwunder. Längst parken die Motorräder, die sie vorhin überholt haben, vorm Rabeneck und geben der Baumaßnahme auf ihre Weise recht. Lackglänzend. Wachspoliert. Auf der alten Piste hätten die es nie so weit geschafft.

Dass David das nicht mehr erleben muss: sein Irgendwo von Rockern in Besitz genommen!

»Mach Heiko Otte nicht schlechter, als er ist«, sagt Fichte und schnalzt mit der Zunge.

»Ich mach gar nichts. Ich halte mich raus. Ist ja hier so üblich, oder?« Sie klopft dem Braunen sachte auf den Hals, schultert ihre Tasche.

Fichte grinst schief. »Bist doch eine von uns!«

Ermunterung oder Drohung? Vor allem ist es Unsinn, und das weiß er auch, der nette Herr Nachbar.

»Nein, bin ich nicht, Julius. David war einer von euch.«

10

Das bisschen Seligkeit ganz am Ende der Uferstraße, da, wo der Asphalt in Schotter übergeht, ist zugesperrt. Aber der Schlüssel befindet sich wie eh und je an einem Nagel im Schuppen, verborgen hinter Spinnenweben und dem Sensenblatt (David: »Die langt keiner an, ein besseres Versteck gibt es nicht.«).

Dass zu einer Bergwiese auch eine Sense gehört, sah Lua ja ein, auch wenn sie den Anblick beklemmend fand, mehr noch als die Gesellschaft von Schusswaffen, und es vermied, David beim Mähen zuzusehen, schwarze Jeans, schwarzes T-Shirt, Kopfhörer im Ohr. Wieder fährt ihr ein kindlicher Schreck in die Glieder, als sie das altertümliche Ding entdeckt.

Sensen für Sensenmänner. Ganz früher glaubte sie, so etwas gäbe es nur in den Märchen, die Mattis ihr abends gern vorlas, obwohl er sie damit mehr ängstigte als unterhielt. Als kleines Mädchen war sie zaghaft, als Teenager zornig. Hier und heute lauern beide Gemütszustände hinter jedem Schatten.

Und an Schatten herrscht kein Mangel. Die Sense teilt sich das Halbdunkel mit einer Motorsäge, einem Stapel Kaminholz, einem Benzinkanister – und dem Lada.

Lua greift nach dem Haustürschlüssel, der an einem Nagel hinter den Holzvorräten hängt, konzentriert sich dabei aber ganz auf den alten Russen (sein tarngrünes, rostzerfressenes Ich-binhier-wenn-du-mich-brauchst-Zwinkern) und schlitzt sich prompt den Finger an der Sense auf, vom Mittelhandknochen bis zum Nagel. Nicht irgendeinen Finger, den Ringfinger rechts, in seiner entgoldeten Blöße.

Erstaunlich, wie schnell der Schock sich in Wohlgefallen auflöst, eine Sache von Sekunden. Genau die richtige Dosis Schmerz flutet ihren Körper, schärft ihre Wahrnehmung, was sie in die Lage versetzt, sich in der nächsten halben Stunde überall gründlich umzuschauen.

Draußen zuerst: unverändert die Landschaft mit ihrer atemberaubenden Grandezza. An dieser Stelle im Kalten Tal hat die Gewalt des Blitzes (falls an der Legende etwas dran ist) besonders heftig gewütet und den Harzer Granit mit solcher Wucht gespalten, dass das entstehende Tal sich weiten konnte und zum Fluss hin abfallend eine Wiese entstand, auf der gerade die ersten Wildkräuter erblühen. Mittendrin die Jagdhütte. Hier erblickte David nach einer überstürzten Geburt drei Wochen zu früh das Licht der Welt, hier verbrachte er die ersten Jahre seiner Kindheit und die letzten Tage seines viel zu kurzen Lebens, ein Holzhaus Marke Eigenbau. Demütig und wachsam wie ein Wildtier schmiegt es sich an seine Umgebung, wird eins mit ihr. Die einzige Extravaganz: taubenblaue Fensterläden (verschlossen), aber das bisschen Farbe macht der Bergwelt ihren schillernden Auftritt keineswegs streitig. Hoch am Himmel zieht ein Bussard seine Kreise. Milder Wind streicht durch die Gräser, dazu das Murmeln des Wassers. Das Gurgeln der Strudel. Heim!

Was die Bestandsaufnahme ansonsten zutage fördert:

– Strom und Wasser vorhanden: Jemand (Mattis, wer sonst?) muss die laufenden Rechnungen übernommen haben.

– Der Lada (Schlüssel steckt!) springt an und schnurrt wie ein dicker Kater, aber es fehlen Reifen und Nummernschilder. Das Auto ist, wie von Fichte bereits angekündigt, aufgebockt und abgemeldet.

– Im Haus liegt der Staub fingerdick auf den Hinterlassenschaften des allerletzten Abends, der Schicksalsstunden, die sie und David hier miteinander verbracht haben. Manches ist noch da, anderes nicht: das benutzte Geschirr vom Abendessen, wohingegen die Essensreste (Käse, Eiersalat mit viel frischer Petersilie, Baguette) auf geheimnisvolle Weise den Weg in den Müll gefunden haben. Welcher ebenfalls geleert wurde.

Henkersmahlzeit.

Während Lua ihren Lieblingsrotwein in sich hineinschüttete, trank er Leitungswasser, literweise. Ihr Streit. Sie hat vergessen, worüber. Spielt das jetzt noch eine Rolle?

David könnte als Einziger Auskunft geben. Wie kann es angehen, dass er ihr in der Stadt quasi auf Schritt und Tritt folgt, um sie hier, wo sie darauf vorbereitet gewesen wäre, von jeglichem Spuk zu verschonen?

An der Garderobe hängt sein verfluchter Parka, als hätte er sich nie von der Stelle bewegt. Als wäre er nicht in der Stadt gesehen worden, vor dem Drogeriemarkt, auf Straßenbahngleisen balancierend, im Schaufenster, auf der Trage des Rettungshubschraubers, der Ärmel mit dem Edelweiß flatternd im Wind.

Lua steht in den Scherben der Weinflasche, die an die Wand zu schmettern ihr vor mehr als drei Jahren im Eifer des Gefechts als glorreiche Idee erschienen war. Von ihrem Finger, achtlos in ein Küchentuch gewickelt, tropft Blut, gesellt sich zu den Blutspuren von damals, dunkelbraune Hieroglyphen, kaum als solche erkennbar. Letztlich könnten es genauso gut Weinreste sein, doch Lua ist überzeugt, dass es sich um Blut handelt, und zwar ihr eigenes, von der linken Ferse stammend.

Tritt da nicht rein! Pass auf! Scherben!

Egal wie sehr David durchdrehte, ein Teil von ihm war immer irgendwie besorgt um sie. Er wollte es bloß nicht wahrhaben.

Luas Kopf arbeitet mit manischem Eifer: Was soll das alles? Wieso meldet Mattis den Wagen ab, trägt den Müll raus, lässt die Scherben, die Blutstropfen und das Geschirr auf dem Tisch jedoch unberührt? Das macht er bestimmt nicht einfach so, da macht einer wie er doch seinen Einfluss geltend.

Er will sie etwas spüren lassen, aber was?

Luas Unterlippe zittert. Ihr Finger schmerzt. Die Summe der fehlenden und wiederentdeckten Teile aus ihrem vorigen Leben sind ein Puzzle. Sie hat keinen Schimmer, wie sie es jemals zu einem großen Ganzen zusammensetzen soll. Und wenn dies gelänge: ob sie den Mumm hätte, es zu betrachten.

Wie sehr sie dieses Haus mag.

Den Fluss.

Den Russen im Schuppen.

Unter dem Rost ein Herz, das noch schlägt.

Sie öffnet Läden und Fenster. Staubkörner schweben im Sonnenlicht wie Goldstaub, ein Licht, das der Unordnung schmeichelt, es zeichnet den Augenblick weicher, als er ist. Davids Anlage ist noch da, ebenfalls von einer fingerdicken Staubschicht bedeckt. Er kam immer zum Komponieren her, meinte, er müsse bloß dem Fluss lauschen und schon geschehe alles von selbst.

Wie sehr er diesen Ort liebte.

Wie verzweifelt sie David.

Durch die geöffneten Fenster spenden die Kalten Kehlen Trost, ihr Stimmengewirr schallt heller als sonst und für einen Frühlingsrausch überraschend leise, aber je länger Lua sich auf den Fluss konzentriert, umso besser lassen sich im Plätschern und Gurgeln und Sprudeln die Feinheiten unterscheiden.

Die Strömung. Das Aufeinandertreffen von Kieseln, Wasser und Fels, ein fortwährendes Sichreiben, jede Sekunde neu, ganz anders als Meeresbrandung in ihrer immergleichen Bewegung: Vorstoß, Rückzug, Unendlichkeit.

Der Fluss hat eine Quelle und eine Mündung, kennt nur eine Richtung, genau wie David: voraus. Gegen jeden Widerstand.

Die Beharrlichkeit, das Wilde und das Fließende fanden sich in den Noten, die er zu zeitlosen Melodien aneinanderreihte, ebenso wie in jedem postmodernen Remix, den er erstellte.

»Ja, ich habe dich geliebt«, erklärt Lua ihrem abwesenden Mann trotzig. Dass irgendwann auch Hass ins Spiel kam, ändert nichts daran. Zumal der Hass längst verraucht ist, oder besser: ersoffen – und die Liebe noch da. Genau hier.

Nachdem Lua dreieinhalb Jahre lang jeden Tag ein Stück geschrumpft ist, lässt diese Erkenntnis sie unverhofft wachsen.

Lua fegt die Scherben zusammen, räumt die Holzbretter vom Tisch und spült das Geschirr, anschließend rückt sie dem Staub mit einem feuchten Lappen zuleibe. Die Hausarbeit, stupide wie das Einräumen der Drogeriemarktregale, verhindert, dass die Erinnerungen weiter in ihrem Kopf umhertoben wie ungezogene Kinder.

Als sie auf der Veranda verschnaufen will, kommt Besuch. Auch wenn es nicht so aussehen soll. Der Mann, den Lua nach der Unterhaltung mit Fichte sofort als den Indianer einordnen kann, der langgesichtige Gunnar Teubel, wie üblich mit Pferdeschwanz und ganz in Camouflage, gibt sich schon von Weitem Mühe, angesichts ihrer Anwesenheit überrascht zu wirken. Doch er ist ein lausiger Schauspieler. Zu viel Mimik, das geht selten gut. Erst recht nicht hier, wo verliert, wer zuerst blinzelt. Wo Männer noch Kerle sein dürfen – oder müssen. Cowboys und Indianer eben. Logisch trägt so einer auf ihrem Grundstück sein Gewehr spazieren, am helllichten Tag. Vor nichts Respekt, das gehört dazu. Eigentum, Schonzeit. Welche Schonzeit?

»Wieder im Lande?« Ihr Gast räuspert sich, spuckt aus und bleibt etwa drei Meter vor der Veranda stehen. Rückt Lua also für hiesige Verhältnisse ziemlich auf die Pelle.

»Wie es aussieht.«

»Schön, schön. Alles gut überstanden?«

»Ich kann nicht klagen. Und selbst?«

»Auch so.«

Als Lua hartnäckig schweigt, fügt er hinzu, dass er hier sei, um Frischlinge zu schießen. »Die kommen jetzt immer zum Saufen her.« Er macht eine vage Kopfbewegung hin zum Fluss. »Auf Davids Land.«

»Dann lass sie saufen. Das ist neuerdings mein Land«, hört Lua sich zu ihrem großen Erstaunen erwidern. »Hier wird nicht rumgeballert.«

Ach, nicht? Fragt – nicht ganz unbegründet – der spöttische Blick in Gunnar Teubels Augen. Attraktive Augen, wenn man den Rest mal außen vor lässt. Kaum merklich schräg gestellt. Derselbe Urschlamm, durch den auch David die Welt sah.

Plötzlich stört es Lua, dass sie vor diesem Kerl und seinem Gewehr auf den Stufen ihres Hauses hockt. Wehrlosigkeit, die alte Masche, zieht hier nicht. Lua spürt, sie sollte besser stehen, und zwar so aufrecht wie nur irgend möglich. Hände in den Hüften, Brust raus.

Etwas zu mühsam, um Eindruck zu schinden, kommt sie auf die Beine.

»Lua, sag mal, bist du jetzt wieder öfter hier?«

»Warum?«

»Nur so.«

Von wegen. Typen wie Gunnar Teubel kommunizieren nie »nur so«, das wäre für sie reine Zeitverschwendung, genauso wenig, wie ihre Begegnung zufälliger Natur ist. Da haben wohl eher die Buschtrommeln getrommelt. Und einen Späher auf den Plan gerufen.

»Hör zu, Lua«, er räuspert sich und spuckt erneut, es widert Lua an, doch sie verkneift sich einen Kommentar. »Es hat allen sehr leidgetan, was damals passiert ist. Niemand hier fand es gerecht, dass du –«

Gerechtigkeit? Lachhaft. Lua unterbricht ihn kühl. »Lass gut sein.«

»Ich dachte, es sollte gesagt werden.«

»Ich weiß es zu schätzen.«

Lua mauert, der Indianer stutzt, hält dann aber nicht länger dagegen. Im Gegenteil, so wie er sie jetzt ansieht, wirkt er für einen Moment beinahe schüchtern, zumindest harmlos. Sie will ihn schnell wieder loswerden, also gibt sie ihm, was er haben will: Futter für die Buschtrommeln.

»Ich brauche einen Job.«

»Tatsächlich?«

Lua wartet vergeblich auf eine Regung. Kein gespieltes Erstaunen diesmal, stattdessen blickt sie in ein Pokerface, das ihm gut steht. Große Poren auf der Nase, zwei Narben am Kinn. Was hat sie erwartet? Ein Angebot?

»Du hast nicht zufällig einen Tipp für mich?«

Kopfschütteln.

»Das ist, glaube ich, keine so gute Idee«, sagt er nach einer langen Pause.

»Und warum nicht?«

»Ich kann mir nicht vorstellen, dass du hier Arbeit findest. Manchmal muss man einen Schlussstrich ziehen. Verstehst du, was ich meine?«

Er klingt wie Mattis. Und ob Lua ihn versteht. Man ist willens, sie freundlich zu empfangen, aber nur unter einer Bedingung: Sie möge so schnell wie möglich wieder verschwinden. Bloß das frische Gras, das über die Sache mit David gewachsen ist, nicht zertrampeln.

»Da hast du sicher recht«, gibt sie zu. »Aber jeder auf seine Weise.«

Sie bietet ihm ein Wasser an, er offeriert seine Hilfe mit dem Lada, ein halbherzig klingendes Angebot, das sie mit einem ebenso halbherzigen Schulterzucken weder ablehnt noch annimmt.

Zum Abschied raunt Gunnar Teubel ihr »viel Glück« zu, dabei klingt er wenig optimistisch. Eher wie ein Arzt, der ihr soeben mitgeteilt hat, dass ihre Krankheit austherapiert ist.

Lua schaut ihm lange nach, ihr Blick verbeißt sich in seiner Silhouette, weil die wenigen Äußerlichkeiten, die ihn mit David verbinden – Haare wie Holzkohle, gute Körperspannung, melancholische Aura –, sie so sehr frappieren.

Die dunklen Männer aus dem Kalten Tal, wie oft haben sie und David darüber Witze gerissen. Entweder hätten in grauer Vorzeit ein paar Unglücksvögel vom Rabenstein das Fliegen verlernt und menschliche Gestalt angenommen, oder hier sei irgendwann ein Stoßtrupp Kosaken durchgeritten. Es könnten auch Tataren gewesen sein: die Goldene Horde.

Lua wünschte, sie gehörte wirklich dazu. Sie wünschte, David würde sich ihr erneut zeigen. Plötzlich hat sie große Angst davor, dass der Kontakt abreißt. Vielleicht muss sie deshalb noch mal raus ins Freie. Dorthin, wo er nach allem, was sie über ihn weiß oder wenigstens zu wissen glaubt, immer am glücklichsten war.

11

Kein Anflug von Kälte im Kalten Tal, nicht mal kühl ist es, man kann ohne Jacke gehen, obschon die Sonne hinter dem gegenüberliegenden Bergkamm versunken ist. Blaue Stunde. Was immer sie zu finden hofft, als sie aufbricht – David, sich selbst, sie alle beide –, sobald die Jagdhütte außer Sichtweite ist, macht Lua dicht. Reiner Instinkt. Um keinen Preis wird sie die Brücke betreten oder gar in die Nähe der Jungferninsel kommen. Alles, bloß das nicht.

Ein Netz von mehr oder weniger gut ausgebauten Wanderwegen durchzieht das Mittelgebirge. Lua erinnert sich noch gut an die Holzschilder, die sie markieren. Früher waren sie verwittert und kaum noch leserlich, doch irgendwer muss sich unlängst die Mühe gemacht haben, Moose und Flechten zu entfernen und die verblichenen Symbole und Nummernangaben mit Farben aufzufrischen. Ein blaues Dreieck, ein roter Kreis, ein gelbes Kreuz. Was für ein Aufwand. Die Zeichen mehren sich: Es bewegt sich etwas in Rabenstein. Die Welt aus Davids Kindheit hat sich weitergedreht – ohne ihn. Eigentlich ein Grund, seine Anwesenheit nicht heraufzubeschwören.

Als ob sie das unter Kontrolle hätte – ihn, sich. Solange sie denken kann, ist Lua immer nur ausgeliefert. Ein Lebensgefühl, dessen Ursachen nebulös sind und gegen das sie nur als Teenager entschieden aufbegehrte. Geblieben ist ein schlechtes Gewissen. Jahrelang dieses schlechte Gewissen, ohne zu wissen, warum. Sich selbst einen guten Grund zu verschaffen, wenigstens dazu war der Schuss von Nutzen.

Die Wärme des Abends überrascht Lua kaum, sie weiß ja, dass klamme Atlantikstürme den Talkessel selten erreichen, dass das Frühjahr schnell und üppig daherkommt, sobald die Sonne wieder hoch genug am Himmel steht. Das Kälteste am Kalten Tal (abgesehen von den Herzen seiner Bewohner) ist dann der Fluss.

Normalerweise. Momentan ist sie es selbst. So intensiv und bedeutungsschwanger Lua mittags – heilfroh, der Enge des Zuges entronnen zu sein – das Wiedersehen mit Fluss und Gebirge erlebt hat, so wenig kann sie jetzt damit anfangen. Ihre pathetische Zuneigung zu jedem Fels, jeder Birke, jedem kristallklaren Rinnsal, der Trost, den ihr vorhin beim Saubermachen in der Hütte das Wassersäuseln spendete: ein Rausch, verflogen. Der Harz hat, wie so oft, etwas in ihr bewirkt, und jetzt bewirkt er eben das Gegenteil.

Sie taucht in die Schatten unter einer Gruppe von Fichten ein, steigt querfeldein über Wurzeln und Felsen, um zu einem höher gelegenen Fernwanderweg zu gelangen. Unter ihr murmelt die Strömung. Kalt wie Lua.

Wie David es hasste, wenn sie so war, so abgefuckt, so weit, weit weg.

Dann konnte ihm schnell mal die Hand ausrutschen, das Knie, der Schädel. Geht auch, geht alles: Knie gegen Unterleib, Schädel gegen Schädel, gern direkt nacheinander, hinter geschlossenen Lidern Schmerzexplosionen in Rot und Violett.

Jetzt, so unverschuldet knie- und schädellos, schickt er eben Steine, ihr Mann, Granitsplitter in Graugold. Was sollte er auch sonst tun?

Lua hat den Höhenweg erreicht, als der Berg in Bewegung gerät. Ein Felssturz, der zunächst wie ein Platzregen klingt, sodass sie unwillkürlich den Himmel absucht – wolkenlos, samtiges Restblau –, dann mischt sich lautes Poltern ins Rauschen. Unterdessen sind auch xylophonartige Sequenzen zu hören, Stein auf Stein, unerwartet schön. Der Boden vibriert, Vögel fliegen auf, verteidigen ihr Revier mit empörtem Zwitschern in höchsten Lagen. Insgesamt ein Höllenlärm, dazu noch das übliche Konzert der Kalten Kehlen.

Lua lauscht gebannt, müsste aber längst rennen, denn bei dem Gestein, das da so klangvoll abgeht, handelt es sich um Schiefer – Bruchschiefer, soweit sie weiß –, und wenn der erst mal angefangen hat, sich Schicht für Schicht zu entblättern, hört er wahrscheinlich so schnell nicht wieder auf. Nimmt mit, was er kriegen kann. Was – und wen.

Komm schon.

Move!

Ihre erste Nacht im Club, Davids Stimme:

Ich sehe dich atmen, aber ich könnte schwören, dass du die Luft anhältst.

Lua zwingt sich zu einem tiefen Atemzug und läuft los wie eine Gelegenheitsjoggerin, nahezu gemütlich in leichtem Trab, als hätte das alles nichts mit ihr zu tun, und ein bisschen so fühlt sie sich auch. Um ihr richtig Beine zu machen, muss erst ein handtellergroßer Bergsplitter ihre Schulter streifen und Sekunden später ein zweiter ihre Wade treffen, worauf sie strauchelt und auf dem schmalen Wanderpfad beinahe zu Fall kommt. Erst dann gibt Lua alles, doch alles, das merkt sie am Schnodder in der Nase, am Druck in der Brust, ist nicht viel nach drei Jahren Knast und dreieinhalb Monaten Kasse.

Wie durch ein Wunder reicht es trotzdem. Lediglich die Staubwolke, die der Lawine folgt, holt sie ein.

Blüten, Stein und Asche.

Keuchend rennt und stolpert Lua weiter, bleibt erst stehen, als die Felsen zu ihrer Linken endlich wieder einen massiveren Eindruck machen, riesige, vertrauenswürdige Blöcke in Silbergrau, perfekt, um sich festzuhalten und wieder zu Kräften zu kommen. Eine Hand am Berg, hustet sie, dass es ihren Körper durchpflügt. Seitlich spuckt sie aus.

Der nächste Stein von oben kommt völlig unvermittelt geflogen, einfach so, ohne warnendes Prasseln, und schlägt dicht vor ihren Füßen auf.

Noch mehr Steinschlag?

Hier?

Es gibt Schilder, die genau davor warnen. Lua hat sie oft gesehen, immer ignoriert, noch nie ist ihr an diesem Ort etwas Derartiges zugestoßen.

Drei weitere Granitgeschosse, die Lua knapp verfehlen, lösen ein verloren geglaubtes Gefühl aus: Angst ums eigene Leben. Nicht ausschließlich unangenehm. Wie sie Lua zum raschen Nachdenken zwingt. Wie sie ihr das Bild einer Höhle ins Gedächtnis ruft, länglich, kaum mannshoch, jedoch tauglich als rettende Zuflucht. Irgendwo dicht über ihrem Kopf ganz in der Nähe müsste sie sein.

Müsste?

Muss.

Und da ist sie auch schon, eine klaffende Wunde im Berg, dennoch leicht zu übersehen, wenn man sich nicht auskennt. Lua erreicht ihr Ziel, indem sie sich an Wurzeln und jungen Bäumen festkrallt, um sich hochzuziehen. Bald zittern die Muskeln in ihren Armen vor Schwäche wie lange nicht mehr, zuletzt, das weiß sie noch, unmittelbar nach dem Schuss.

In der Höhle Schwärme von Fliegen. Ohne Atempause der nächste Großangriff, harmloser diesmal, aber kaum weniger erschreckend. Lua schreit los, als sie aufsteigen, ihr direkt ins Gesicht. Wie ferngesteuert umkreisen sie ihren Kopf, verfangen sich in ihren Haaren, ihr Summen überlaut, das Kribbeln von winzigen, pelzigen Insektenbeinen am Ohr, im Nacken, am Kinn.

Lua schlägt um sich und schreit mit schrillem Zorn weiter, bis sich von fern eine halb menschlich, halb animalisch klingende Stimme dazugesellt, schriller, zorniger noch als die eigene, ein gespenstisches Echo, Sinnbild für die Lächerlichkeit und Hoffnungslosigkeit ihrer Lage schlechthin.

Rabenspuk.

David?

Als Antwort bleibt nur das Summen der Fliegen. Erst als keine Steine mehr mehr den Berg hinunterkullern, schweigen auch sie.

Lua geht heim. Übergroß und feindlich schält sich der Mond aus der blauen Dämmerung, und es ist, als hielte der Wald mit ihr zusammen den Atem an.

12

»Schade, aber ...«

»Leider nein.«

»Wir suchen nicht.«

»Wir haben schon ...«

Wie die Antworten sich gleichen. Dazu dieses Kopfschütteln, gepaart mit Schulterzucken, Blick auf die Theke, den Zapfhahn, das Schwarze unterm eigenen Daumennagel oder den nächstbesten Fleck an der Wand: Sämtliche Harzer Wirtsleute, die Lua demütig um Arbeit bittet, sind mit ihren Augen überall, nur nicht bei ihr, jedenfalls so lange nicht, bis sie sich zum Gehen wendet. Dann starren sie ihr ausdauernd nach, spitz und hart bohrt sich ihr Starren zwischen die Schulterblätter und zwingt sie, die Demutshaltung irgendwann aufzugeben und so aufrecht wie möglich durch das Dorf zu schreiten, das wie ein nachkoloriertes Idyll aus einem Fünfzigerjahre-Heimatfilm in der Frühlingssonne döst.

Blütengelb glänzt das frisch polierte Ortsschild von Rabenstein in der Sonne. Vogelgesänge, Schneeglöckchen und Krokusse, Veilchen in Kübeln, Gras, das wachsen will, Lua kann es riechen, aber nur mit Mühe ausfindig machen. Zwischen den Schienenschwellen der Schmalspurbahn. Rings um den Obelisken. Neben einem nagelneuen Papierkorb auf dem Parkplatz für Wanderer.

Es sprießt. Der ewige Zauber, das alte verlogene Versprechen. Vor einem Fachwerkhaus treiben voreilige Forsythien aus.

Das bisschen Seligkeit aus Blütenzauber und Himmelsbläue wirkt wie ein blanker Hohn angesichts der Ablehnung, die ihr unisono entgegenschlägt oder besser: -federt. Von Unfreundlichkeit keine Spur, man verneint ohne Augenkontakt, aber mit beinahe sanftem Timbre und vor allem lächelnd. Vielleicht zerrt gerade dieses kollektive Lächeln, ein weiteres Novum im Kalten Tal, so heftig an Luas Nerven. Weil sie selbst die Kunst des feindseligen Lächelns so gut beherrscht. Vom Standpunkt des Betrachters aus hat es etwas Unheimliches.

Vorletzter Versuch in der Kupferkanne am Bahnhof, wo bereits die Freiluftsaison begonnen hat, Stühle raus, das Wappen gehisst, Narzissensträuße auf den Tischen. Die Pächter waren eigentlich schon immer eine Spur mehr auf Zack als ihre Kollegen ringsum, die lieber stur nach Kalender gehen und nie vor Ostern aus ihren Löchern kriechen würden. Die Gäste, nach dem Winter sonnenhungrig wie Reptilien, wissen so viel Einsatzfreude zu schätzen. Auf der Terrasse ist kaum ein Platz zu bekommen, die einzige Kellnerin muss sich sputen, um alle Wünsche zu erfüllen, und wäre sicher froh über jede Unterstützung. Dennoch wird Lua weggeschickt. Wieder dieser Dolchblick beim Hinausgehen.

In einem Lokal namens Frosch, das neu ist und auf der Karte mit Produkten aus biologischem Anbau wirbt, will der Wirt, ein alter Bekannter (und ganz sicher kein Vollwertkostjünger) ihr ein Mittagessen spendieren. Dankend lehnt Lua ab. Sie hat die Botschaft kapiert:

Verpiss dich.

Du störst.

Und Lua verpisst sich. Lässt die Schultern nun doch wieder

hängen und schleicht wie ein getretener Hund den Hals entlang, fühlt sich erst beobachtet, dann schlagartig unsichtbar, denn ansonsten würde der Holzlaster, der von hinten heranrollt, ja für sie bremsen oder ausweichen, anstatt direkt auf sie zuzuhalten, und das ausgerechnet in der S-Kurve.

Toter Winkel oder Menschenjagd? Lua jedenfalls sieht keine andere Möglichkeit, als sich auf den Felsen am Flussufer in Sicherheit zu bringen. Es ist knapp, sie muss springen, knickt um und holt sich nasse Füße, weil die Kalten Kehlen an dieser Stelle besonders ausufernd toben.

Und was macht sie morgen? Weiterbetteln? Wenn es jemanden gibt, der Lua bei der Jobsuche im Kalten Tal behilflich sein könnte, dann wäre es ihre einstige Freundin Nadja, Heiko Ottes Frau. Doch eben weil sie Ottes Frau ist (weil Otte Davids Feind war), zieht sie einen Anruf nicht ernsthaft in Erwägung.

Ein seltsamer Zufall: Ihre letzte Begegnung mit Nadja fand genau an der Stelle statt, wo sie heute schlussendlich gelandet ist: an der Baumschaukel am Fluss. Lua liebt diesen Ort.

Schaukeln. Aus der blütenschwangeren Gegenwart schwingt Lua ohne Umwege zurück in die Vergangenheit.

Wann war sie zuletzt hier? Es muss kurz nach der Ohrfeige in der Kupferkanne gewesen sein. Nadja war bei ihr – und redete wegen des Zwischenfalls aufgeregt auf sie ein.

Das geht nicht gut aus mit euch!

Ja, sie hatte Lua schon hundertmal und mehr gewarnt. Lange bevor alle alles wussten.

Lua muss lächeln, als ihr wieder einfällt, wie aggressiv Nadja reagierte, als ihre Töchter einen Klatschreim anstimmten:

Eine kleine Dickmadam
Fuhr mal mit der Eisenbahn …

Die beiden Mädchen standen einander lauthals deklamierend gegenüber, klatschten zuerst in die eigenen Hände, dann mal über Kreuz, mal gerade in die der Schwester, auf jede Silbe der »Dickmadam« und der »Eisenbahn« erfolgte ein Klatscher, jeder einzelne muss Nadja wie ein Echo des zu lokaler Berühmtheit gelangten Schlags in Luas Gesicht erschienen sein. Ihre Schläfen vibrierten, die Wangen glühten. Lua hingegen: gleichgültig.

»Dickmadam, die lachte –«

»So, jetzt ist Schluss damit! Spielt was anderes.«

Zwei verdatterte Kinderaugenpaare blickten in ihre Richtung. Die Mädchen, dunkel wie die Mama, vergaßen die Hände in der Luft, es sah aus, als richtete jemand den Lauf einer Waffe auf sie.

»Aber – ?«

»Kein Aber.«

»Aber wieso –?«

»Weil ich euch zwei darum bitte. Geht das?«

Obwohl – oder gerade weil – Nadjas Bitte gereizt und kaum verhohlen wie ein Befehl klang, drehten die beiden sich auf den Hacken um und rannten mit trotzigen kleinen Gummistiefelschritten auf dem schmalen Wanderstieg weit voraus, beinahe außer Sichtweite.

»Stopp, nicht weiter. Aufpassen mit dem Fluss!«, rief Nadja ihnen nach. »So, und jetzt zu dir.«

Zu ihr – und David. Nadja flehte sie an: Trennung als die einzige Option. Sie korrigierte sich, sagte »Chance«, mit einem verheißungsvollen Unterton, erwähnte Luas sicheren Arbeitsplatz, das hohe Einkommen, die Zeiten, die sich geändert hätten. Man lebe schließlich nicht mehr im neunzehnten Jahrhundert. Das müsse sie doch eigentlich wissen. Mit ihrem Männerberuf!

Hier rein – Lua schaukelte vor.

Da raus – Lua schaukelte zurück.

Nahm neuen Schwung und schaukelte, was die Konstruktion hergab, um so lange wie möglich in den Sekundenbruchteilen der Schwerelosigkeit zu verweilen.

Als David ihr erzählt hatte, dass die Schaukel, ein Geschenk der Bergwacht an Einheimische und Touristen, unter Einheimischen Verlobungsschaukel genannt wird, wusste er die Gelegenheit zu nutzen.

»Heiratest du mich?«

Vor –

Zurück –

»Ja.«

Schwerelosigkeit.

»JA!«

Hätte Nadja ihr nicht anderswo mit ihrem Sermon in den Ohren liegen können? Vielleicht wäre Lua dann sogar offen gewesen für ihre Argumente, es war ja nicht so, dass Nadja Mist redete, doch auf der Verlobungsschaukel, über ihr der Kandelaberstamm der Fichte, der sie hielt, neben ihr der Fluss, konnte sie bloß an den Antrag denken. Und an das graugoldene Glücksgefühl, das sie im Morgengrauen nach ihrer ersten Begegnung mit David im Club empfunden hatte.

Die Viertelstundenuhr des Michels.

Das Knarren der Seile.

»Trennung kommt für mich nicht in Frage.«

»Wieso nicht? Wovor hast du Angst?«

»Ich will nie wieder so allein sein, wie ich mal war.«

»Bist du nicht.«

Nadja hatte ja keine Ahnung. Lua schloss die Augen. Die Mädchen kamen angerannt und nahmen erneut Aufstellung für einen Klatschreim, die Stiefel schlammverkrustet.

Mein Vater fuhr zur See, See, See
Als Oberkapitän, -tän, -tän
Er kehrte nie zurück, -rück, -rück
Das war mein größtes Glück, Glück, Glück
Ach, wenn mein Vater wüsst, wüsst, wüsst
Wen meine Mutter küsst, küsst, küsst
Dann schlägt er sie k. o., o., o.
Die Männer sind ja so, so, so.

Wer denkt sich so was aus?

»Es tut mir leid. Keine Ahnung, woher sie das haben«, sagte Nadja.

Lua sprang von der Schaukel und verabschiedete sich. Unendliche Traurigkeit machte sich in ihr breit. Als hätte sie den Verlust, der mit den Fluten auf sie zurauschte, bereits gespürt.

13

Große schwarze Vögel, die über ihr kreisen. Nebelschwaden wie Tränenschleier. Lua klappert mit den Zähnen, weil sie friert, sie öffnet den Mund und schließt ihn wieder, das Klappern geht weiter. Sie weiß nicht, wo sie ist, sortiert sich. Die Luft schmeckt frisch und uralt zugleich, das unverwechselbare Waldgemisch aus Werden und Vergehen. Pilze, Erde und Laub, Chlorophyll und Blütenstaub, dazu jede Menge Tier von Käfer bis Wildsau. Auch den Granit glaubt Lua riechen zu können. Als sie die Augen öffnet, flattern die Vögel mit dem Traum, zu dem sie gehören, davon, die Kälte ist echt. Der Nebel auch. Er steigt von den Kalten Kehlen auf, webt einen Kokon aus kalter Feuchte für sie.

Ihre eigene Schuld. Was schläft sie auch draußen, auf einer Isomatte unter freiem Himmel, wie buchstäblich neben der Spur kann man sein? Jemand, den das allem Anschein nach ebenso brennend interessiert wie Lua selbst, steht etwa zehn Meter entfernt zwischen ihr und dem Haus und starrt sie an, straff aufrecht, Arme vor der Brust verschränkt.

»Willst du dir den Tod holen?«, fragt Heiko Otte.

Ein Windhauch treibt eine Nebelschwade zwischen sie und ihn. In der eisig kochenden Milchsuppe wabert sein Umriss wie Rauch.

Lua schält sich aus dem Schlafsack, kommt auf die Beine. Sie ist vollständig bekleidet, Jeans, Parka, Schafswollpullover, von Lebensgefahr kann bei derart vernünftiger Ausstattung eher keine Rede sein.

Elend genug geht es ihr dennoch. Vor allem der Hals macht Probleme, was nicht nur der Nacht im Freien geschuldet sein dürfte, sondern auch der Tatsache, dass sie sich am Vorabend die Seele aus dem Leib geschrien hat. Einfach so. Sie hat sich gehen lassen und bekommt jetzt die Quittung: Ihre Lymphknoten sind zu kleinen harten Murmeln angeschwollen.

»Was machst du hier?«

Fragt Otte sie.

Fragt sie Otte.

»Ich nehme Haus und Grund wieder in Besitz. In diesem Fall Grund«, sagt Lua. Nicht dass sie für ihre Anwesenheit auf der eigenen Wiese irgendjemandem Rechenschaft schuldig wäre.

»Und ich sorge für Mobilität.«

Fragend hebt sie die Augen.

»Gunnar ist in der Garage und macht den Lada für dich klar.«

»Ich hatte ihn nicht darum gebeten, als er hier war.«

»Das war auch nicht nötig. Ich hörte, du warst gestern den ganzen Tag zu Fuß im Tal unterwegs. Das ist doch kein Zustand.«

Buschfunk, wieder mal.

Ein seltsames Wiedersehen. Lua denkt, was sie schon früher gelegentlich zu denken wagte, wann immer David nicht hinhörte: Sie kann Otte gut leiden. Zwar nervte sie sein unerschütterlicher Tatendrang, befremdete sie der Kult um seine Person, das Heer von Schleimern in seinem Dunstkreis, doch ihn selbst, seine Persönlichkeit als Familienvater an Nadjas Seite (zugegeben: auch als

Mann), fand sie immer schon – ansprechend. Seine scharfen, klugen Züge. Das mattblonde Haar, perfekt seitengescheitelt, rabensteinuntypisch, aber er stammt ja auch, soweit sie weiß, aus einem anderen Tal. Keine Raben, keine Tataren. Dieses Lächeln, das man nicht mögen soll, weshalb es umso gewinnender wirkt. Das schon wieder gewinnt – verflixt.

Groß ist er allerdings nicht. Genau wie bei früheren Begegnungen ist Lua auch heute wieder überrascht, dass er sie nur um Zentimeter überragt, kleiner als seine Frau ist er allemal. Allein die Art, wie über ihn geredet wird, macht ihn zum Riesen.

Seite an Seite gehen sie auf das Haus zu. Otte, alte Schule, nimmt ihr kommentarlos die Isomatte und den Schlafsack ab, was sie freut.

»Du hast mir einen ganz schönen Schreck eingejagt, Lua.«

»Ich? Wieso?«

»Wie du so dalagst, ein Bündel Mensch. Warum dort?«

Als ob das nicht ersichtlich wäre: Sie war eben müde, hundemüde sogar, und drinnen im Haus rückte der Schlaf, obwohl sie von der Jobsuche erschöpft war, in unerreichbare Ferne, da half auch kein Schäfchenzählen im vertrauten Bett. Französische Maße, eine Enge, die David und sie im Graugoldglück der Ehe genossen hatten. Verwitwet fand sie weder ausreichend Platz noch Ruhe, warf sich hin und her, hörte plötzlich in Endlosschleife den Schuss, der vor drei Jahren fiel, sein Echo in den Felswänden, das ferne Bellen von Fichtes Bluthunden als Protest. Auf dem Sofa war es noch schlimmer, dort schien ihr Ehekrach von den Wänden widerzuhallen, ihr letzter, sie lauschte mit größtmöglicher Konzentration und konnte dennoch nicht verstehen, worum es damals vor dreieinhalb Jahren wirklich gegangen war.

Worum denn bloß?

Warum zur Hölle ist das jetzt noch wichtig?

Jedenfalls floh sie vor den Stimmen und ihrer Einsamkeit bis auf die Wiese, froh über die Campingutensilien, die im Schuppen lagerten, in einem Spind neben dem Umluftkühlschrank, der nach Blut roch, weil er jahrelang zum Abhängen von Wild genutzt worden war. Der Gestank hat sich auch im Stoff festgesetzt, nichtsdestotrotz hat Lua im Freien erstaunlich gut geschlafen. Eigentlich so gut wie seit einer Ewigkeit nicht mehr.

»Im Haus –«, beginnt sie, einer offenherzigen Antwort nicht abgeneigt.

Otte winkt ab: »Kann ich mir denken. Aber warum genau dieser Platz?«

Ja, warum? Weil er erhöht liegt, höher als das Haus und der Fluss? Weil ihr die Wiese unter ihren Füßen unvermittelt weich vorkam?

»Keine Ahnung«, sagt sie.

»Es war auch eine selten blöde Frage.«

Das durchaus. War Lua aber nicht aufgefallen.

Drinnen im Haus kocht Otte Tee aus Luas Altbeständen und entfacht ein loderndes Feuer im Kamin.

»Wie war die Haft?«, fragt er.

Das hat noch keiner gewagt.

»Schlimm«, sagt sie, trinkt beidhändig. »Nicht schlimm genug.«

»Ich würde durchdrehen.«

»Und wenn schon. Durchdrehen im Knast, das ist Routine, daran stirbst du nicht, vorher spritzen sie dir ein Beruhigungsmittel, fertig, aus. Danach geht alles normal weiter. Sie sperren dich ein, das ist ihr Job.«

»Ich würde durchdrehen.«

Wen interessiert das? Spätestens, wenn man mal in einer Zelle gelandet ist, garantiert niemanden mehr.

»Du hättest glimpflicher davonkommen können, Lua. Es lag an dir. Du hattest im Gerichtssaal alle auf deiner Seite, die Richterin, das Publikum, deinen Anwalt sowieso, der war geradezu verknallt in dich, genau wie der Staatsanwalt. Der Ankläger verknallt in die Angeklagte! Auch die Presse hat dich geliebt, aber du warst ja versessen darauf zu bezahlen. Hättest du ein bisschen dicker aufgetragen, was Davids Gewalttätigkeit angeht, ein bisschen aus dem Nähkästchen geplaudert, das Urteil hätte niemals Körperverletzung mit Todesfolge gelautet, sondern Notwehr! Davon bin ich überzeugt. Du hättest als freie Frau nach Hause gehen können.«

Frei.

Dreißig.

Freiunddreißig statt dreiunddreißig.

Kein großer Unterschied wahrscheinlich.

»Frei und erhobenen Hauptes!« Otte in Rage.

Dünn ist er geworden, nur noch Muskeln und Knochen, ist das schon das Alter?

Die Zeit, die Zeit. Zehn Jahre trennen ihn und Nadja, die zwei Jahre älter als Lua ist, demnach müsste er jetzt fünfundvierzig sein. Jedoch, obgleich er, was seine Bewegungen und seine Art zu reden betrifft, noch exakt so energisch daherkommt, wie sie ihn im Gedächtnis hatte, trotz der moderat gebräunten Haut, der sehr weißen Zähne, der auf jugendlich getrimmten Markenkleidung (Leder-Sneaker, schmal geschnittenes Polo-Shirt über einer verwaschenen Jeans), kommt er ihr gealtert vor. Fünfzig, um die Mundwinkel eher fünfundfünfzig. Seine Gesichtsmuskeln sind so angespannt, dass die Kieferknochen überdeutlich hervortreten. Graue Augen, von denen nach wie vor etwas Vornehmes ausgeht. Dahinter lauert erdig und dunkel schon die große Müdigkeit. Kennt sie. Von sich.

»Stimmt, der Urteilsspruch war Humbug«, gibt Lua zu.

»Sag ich doch.«

»Mord wäre korrekt gewesen. Ich habe meinen Mann erschossen, Otte. Ich wollte, dass er stirbt.«

»Weil er dich geschlagen hat. Deswegen war es eben kein Mord.«

»Danke, dass du das so siehst. Und danke für deine Aussage diesbezüglich vor Gericht. Du hattest nur mein Bestes im Sinn, das weiß ich zu schätzen, auch wenn du dich irrst.«

»Ich hatte gar nichts im Sinn, ich habe denen die Wahrheit gesagt, und das war es. Eine Selbstverständlichkeit, zumal unter Eid.« Wahrheit: Luas Meinung nach Ansichtssache. Ach, Otte, natürlich denkst du, was jeder denkt! Du hast ja neulich die Frau in der Drogerie nicht gesehen, die Graugoldberingte mit ihrer schicken Brieftasche und dem Ehefrauengestus, die nicht anders konnte, als Lua wie den letzten Dreck zu behandeln.

Der.

Sie.

Ist.

Denn genau wie Lua neulich die Kundin manipuliert hat, süchtig nach Schmerz, könnte es doch angehen, dass dasselbe Jahre zuvor schon David widerfahren ist. Mit ihr.

Vielleicht hat sie David erst zum Sadisten gemacht. Oder, was viel schlimmer wäre: Es könnte doch sein, dass sie die Brutalere von ihnen war. Wo genau beginnt Gewalt, mit dem Schlag ins Gesicht – oder auf dem ellenlangen Weg dorthin? Den sie beide beschritten haben, das reinste Labyrinth. Wie auf dem Jahrmarkt: Man genießt den Grusel, bezahlt dafür, denkt, es kann nichts passieren, man hat alles im Griff. Sie drückten sich die Nasen an den Spiegelwänden glatt. Lachten zu lange und zu dreckig über die Zerrbilder ihrer selbst, ohne in ihnen zu lesen.

War es witzig? Höchstens am Anfang.

Tat es gut? Manchmal.

Lua weiß nicht, was für ein Spiel sie spielten. Solange sie in Haft war, waren alle Gedanken in diese Richtung tabu. Gewinner jedenfalls gab es am Ende keine, das ist offensichtlich. Wahrscheinlich war David auch nicht besser als sie. Aber eben auch nicht schlechter. Zu jeder Art von Beziehung, den gewalttätigen ebenso wie den harmonischen, gehören nun mal zwei. Mindestens.

14

Der Tee ist getrunken, Luas Hals hat es gefreut. Aus unerfindlichen Gründen harren sie auf ihren Sesseln aus, er sprungbereit, Lua wie festgenagelt. Ihre Flucht vor dem Steinschlag und die Nacht im Freien stecken ihr in den Knochen, sie fühlt sich wie eine Hundertjährige, alt und fiebrig.

Otte hat zu viel Holz aufgelegt, unermüdlich suchen und finden goldgelbe Feuerzungen neue Nahrung, aus Wärme wird Hitze, die sie in Wellen trifft. Vor dem Fenster statt Nebel jetzt gleißender Sonnenschein, das macht es nicht besser.

»David war ein Schwein.« Dass Otte das findet, ist keine Neuigkeit, und es gibt auch keinen Grund, es hier und jetzt auszusprechen. »Als er noch ein Kind war, zwang ihn sein Vater, junge Katzen im Fluss zu ertränken, einen ganzen Wurf, kaum eine Woche alt, die Augen noch geschlossen. Später machte er es selbst. Freiwillig.«

»Glaub ich nicht.«

»Hör zu, Lua. Es ist völlig normal, dass Frauen von gewalttätigen Männern sich selbst an allem die Schuld geben. Das sagt dir quasi jeder Psychologe.«

Psychologen? Wo – hier? Kaum vorstellbar, dass ein Heiko Otte in seiner Freizeit bergwandernd mit Seelenklempnern plauscht.

»Weißt du, was dein Mann getan hat, wenn er allein jagen gegangen ist?«

Lua rinnt der Schweiß.

Heiko Otte geht es nicht besser.

»David hat Tiere abgeknallt, um sie zu essen«, sagt sie, der Klang ihrer Stimme das einzig Kühle im Raum. Leise. Loyal, wie es sich für eine Witwe gehört. »Das macht ihr doch alle. So ist das hier eben.«

Sie haben nie wirklich darüber gesprochen, aber Lua ging davon aus, dass die Jagd für David so alltäglich war wie für sie der Gang an die Fleischtheke im Biosupermarkt. Töten oder töten lassen, wo war der Unterschied? Falls es einen gab, dann dürfte die ethische Bewertung wohl eher zu ihren Ungunsten ausfallen.

Allerdings: Nach ihrer ersten und letzten Teilnahme an einer Rehwildjagd ernährte sie sich ein halbes Jahr vegetarisch. Das sofortige Aufbrechen der erlegten Tiere – die »rote Arbeit« – hatte ihr den Appetit verdorben.

Wie David, blauschwarze Strähne vorm Gesicht, das Messer in den Leib einer Ricke rammte. Wie er das zimtfarbene Fell auftrennte, vom Kehlkopf bis zum Becken. Die Speiseröhre, eine weißliche Strippe, die, warum auch immer, gelöst und verknotet werden musste. Nachdem er das Zwerchfell vom Brustkorb getrennt hatte, was kompliziert aussah, genügte ein beherzter Griff, um sämtliche Organe in einem Schwung zu entfernen. Das satte Schmatzen dabei. Später im Gefängnis fühlte sich Lua beim ebenfalls beherzt zulangenden Frauenarzt ungut daran erinnert.

David überreichte ihr das Herz und die Leber mit der Bitte, sie im Fluss zu wässern. Noch nach Minuten in den Kalten Kehlen flossen Ströme von Leben warm durch die Innereien in Luas eisiger Hand. David aß sie noch am gleichen Abend direkt aus der Pfanne. Dank der schnellen Kühlung sollen sie sensationell geschmeckt haben.

Was ist daran zu verurteilen? Wenn Lua zurückdenkt, sieht sie einen passionierten Jäger vor sich, der seine Waffen mit Bedacht führte. Respektvoll, manche Bewegungen regelrecht sanft.

»Dein Mann war ein hervorragender Schütze«, sagt Otte wie zur Bestätigung. »Jeder Treffer ein Kammerschuss, also unmittelbar tödlich – wenn er wollte.«

Sei einfach still, fleht Lua mit Blicken.

Doch Otte schaut weg und denkt nicht daran, er kommt gerade erst richtig in Fahrt. »Es gab Tage, da wollte er nicht, frag mich nicht, warum ... Ich habe gesehen, wie er Hasen die Löffel durchschoss. Aus Spaß, verstehst du? Die Tiere verlieren nicht nur ihr Gehör, sie können auch ihren Wärmehaushalt nicht mehr ausgleichen, woran sie zugrunde gehen, wie du dir denken kannst. Jämmerlich, Lua, absolut jämmerlich. Aber vorher fliehen sie noch kilometerweit. Uneinholbar. Keine Chance, sie von ihren Leiden zu erlösen.«

Warum tischt Heiko Otte ihr solche Schauergeschichten auf? Lua hat eigentlich nicht den Eindruck, als würde er die Situation genießen, scheinbar widerstrebend presst er jedes Wort durch die schmalen, blassen Lippen. Kriegt den Mund kaum auf und hält dennoch nicht die Klappe, das Edelgrau der Augen dunkel vor Abscheu.

Abscheu, den Lua ebenfalls empfindet, wenngleich aus einem völlig anderen Grund. »*De mortuis nil nisi bene*«, sagt sie. »Kein Latein in der Schule gehabt?«

Pause.

»Russisch. Aber egal.« Ruckartig steht Otte auf. Sein Unterkörper mit der verwaschenen Jeans verschwindet hinter dem Tresen vor der Küchenzeile. Er zögert, stellt den Teebecher ab, um

Sekunden später erneut danach zu greifen, ein Griff wie um einen großen, schweren Stein.

Lua sieht den Becher – Steingut, Lieblingstrinkgefäß eines angeblichen Tierquälers – bereits an exakt derselben Stelle in tausend Stücke zerschellen, wo auch ihre Rotweinflasche in die Brüche ging. Muss an der Wand liegen.

Doch dann ertönt draußen die Hupe des Lada: Gunnar will los – und Otte bekommt sich wieder in den Griff.

»Du hast recht, Lua. Ich entschuldige mich«, sagt Otte. »Kein schlechtes Wort mehr über deinen Mann, das verspreche ich dir, am besten überhaupt keins mehr. Möge er in Frieden ruhen. Können wir uns darauf einigen?«

Das ging jetzt aber schnell mit dem Sinneswandel.

Sie nickt schwach.

Wenn er doch nur Frieden fände.

Weichgespült legt Otte nach: »Wir brauchen alle einen Neuanfang.«

Wer alle? Er ja wohl nicht, bei einem wie ihm läuft doch immer alles wie am Schnürchen, allein das Asphaltwunder am Hals spricht Bände.

»Wenn du die Frage erlaubst: Hältst du es wirklich für eine gute Idee, dir ausgerechnet hier einen Job als Kellnerin zu suchen? Ist das nicht unter deiner Würde? Du bist Pilotin!«

»Nicht mehr. Meine Lizenzen sind erloschen. Zurzeit bin ich Kassiererin und den Job werde ich verlieren. Außerdem weiß ich nicht, wo ich sonst hingehen soll.«

Wie soll sie Otte erklären, dass David ihr erschienen ist. Dass sein Geist, in Komplizenschaft mit den Kalten Kehlen, ihr quasi die Rückkehr ins Kalte Tal befohlen hat. Es würde ihn nur in seiner Überzeugung bestätigen, eine durch und durch hörige Person vor sich zu sehen. Über den Tod hinaus.

»Du könntest verkaufen und versuchen, mit dem Geld wieder an einen Pilotenschein zu kommen.«

»Dazu müsste ich ins Ausland gehen. Irgendwohin, wo keiner nach meinem Führungszeugnis fragt.«

»Wäre das so schlimm?«

Vielleicht nicht. Daran gedacht hat Lua jedenfalls auch schon, gestern auf der Schaukel. Ans Ende der Welt, das hätte was. Den ganzen alten Ballast einfach abwerfen.

»Ich überlege es mir«, sagt sie.

»Mach das. Ich könnte dir übrigens helfen, einen Käufer zu finden. Wie du ja weißt, habe ich gute Kontakte. Ich kenne da zum Beispiel ein junges Paar aus Hannover, die suchen, glaube ich, gerade.«

Otte, der Dünne, steht da und atmet wie ein Dicker. Erneutes Hupen: Der Indianer will los.

Lua muss noch Papiere für die Wiederanmeldung des Lada unterschreiben. Dann ist sie wieder allein. Autotüren werden geschlagen, Motoren gestartet. Lua dreht den leeren Becher in den Händen. Die Bitterkeit des Tees hält sich wie ein Belag auf der Zunge.

David liebte Katzen!

Tiere überhaupt.

Einmal hat er mit der Zwille eine Taube vom Schornstein geholt. Er habe sie nur vertreiben wollen, beteuerte er anschließend. Dass sie gefallen war wie ein Stein, der winzige Kopf nur noch ein blutiger Brei, aus dem der Schnabel gelb hervorragte, schien ihn zu bekümmern.

Ein andermal beobachteten sie einen Hasen im Abendrot. Die hauchdünne Haut der für Lua, das Stadtkind, wahrhaft imponierend langen Ohren: Honigfarben fiel das Sonnenlicht hindurch, sie sah feine Adern. Große Pupillen. Ringsum Schwärme von Insekten in der Luft. Auf Zehenspitzen schlichen sie davon, um bloß nicht zu stören.

So war David. Er besaß eine Zwille, das schon. Otte *ist* eine. Umgeben von leichten Zielen wie sie.

Lua schwitzt noch immer, obwohl die Flammen allmählich verglühen. Ihr Wärmeausgleich funktioniert fehlerhaft. Und in ihrem Schädel dröhnt es, als hätte ihr jemand die Löffel zerschossen.

15

Sie kommen. Fallen regelrecht ein, pünktlich wie die Preußen, wie Mattis sagen würde. Ein, entgegen Ottes Ankündigung, nicht mehr ganz so junges Paar mit weißem SUV, hannoversches Kennzeichen, er mit schütterem Haar, sie blondiert bis zum geht nicht mehr, drei späte Kinder: Mädchen, Mädchen, Junge. Glänzender Nachwuchs. Wie gestriegelte Welpen toben sie über die Hauswiese, spielen Fangen, rupfen Blumen heraus, als gehörte ihnen all das bereits. Die Blüten der Gräser. Die Steine am Fluss, sein Murmeln im verdienten Nachmittagsschlaf.

Lua steht neben dem offenen Fenster und lauscht dem Gespräch der Eltern, die Händchen halten (das Resthörvermögen ihrer Löffelstümpfe reicht dazu völlig):

Sie: »Ich frage mich, warum der Weg nicht vollständig asphaltiert ist. Ganz bis zum Haus.«

Er: »Das muss natürlich nachgeholt werden. So geht das gar nicht. Aber sieh es mal so, Knüppelchen: Das drückt den Preis.«

Wenn hier jemand irgendetwas drückt, Knüppelchen, dann Lua. Drückt das Fenster zu. Drückt den Anruf weg, als ihr Handy sich bemerkbar macht, nachdem die beiden endlich begriffen haben, dass Lua die Tür nicht öffnen wird, dass man sie, obgleich eigens für den Termin hundertfünfzig Kilometer weit angereist, obgleich sichtbar solvent, schlichtweg versetzt hat. Unterdrückt ein Lachen, weil die alten jungen Eltern solche Schwierigkeiten haben, die drei Kleinen von der Hauswiese zurück in die Familienkarosse zu kommandieren.

»Na los, verdrückt euch«, murmelt sie. Albern wie zuletzt mit David. Wahrscheinlich hier. Wo sonst? Hier waren sie immer am glücklichsten.

Ist es da ein Wunder, wie gut sie neuerdings ruht? Nein, nicht die ganze Zeit auf der Wiese im übelriechenden Schlafsack, sondern in der Jagdhütte, wo sie hingehört, eine Witwe auf ihrem Ehebett, weich und sauber. Auch wenn er sich nie mehr freiwillig zeigt, manchmal gelingt es ihr, David aus eigener Kraft hinaufzubeschwören.

Nicht das Gespenst im Drecksparka.

Den guten Teil.

Wieder klingelt ihr Wegwerfhandy, eine unbekannte Nummer. Lua geht nicht ran. Das billige Prepaid-Gerät, das sie sich nach der Entlassung zugelegt hat und das normalerweise tot wie ein Klumpen Lehm in ihrer Hosentasche steckt, klingelt jetzt andauernd. Seit Otte und der Indianer ihre Nummer haben. Gunnar Teubel ruft mindestens dreimal täglich an, um sie an ihre Schulden bei ihm zu erinnern. Dieser Abzocker. Verlangt fünfhundert Euro für die Wiederzulassung des Lada, ein dreist überzogener Betrag – und mehr, als sie hat. Dafür müsste Lua Mattis anpumpen, eine Unannehmlichkeit, die sie vor sich herschiebt wie alles andere auch. Ihr Leben. Die Besichtigungstermine. Wie meinte Mattis doch gleich? Sie sagt A, aber nicht B. Da ist was dran. Beispiel: Nach reiflicher Überlegung schien es ihr das Sinnvollste, Ottes Hilfsangebot in Sachen Hausverkauf anzunehmen, auch wenn ihr klar ist, dass er sie bloß loswerden will. Mit seinen Kontakten könnte er ihr genauso gut einen Job im Harz vermitteln, doch auf die Idee käme er nicht. Was sie sogar nachvollziehen kann: Mitleid geht leicht von der Hand, da bricht man sich keinen Zacken aus der Krone, aber wer will schon eine Verrückte in der Nachbarschaft, die ihren Mann abgeknallt hat – und jetzt mit seinem Geist zusammenlebt.

Lua weiß, sie kann nicht ewig so weitermachen. Sie braucht nur etwas Zeit, um den Absprung zu schaffen. Abschied zu nehmen. Zeit – und Ruhe. Und genau die findet sie nicht, wenn sie Kaufinteressenten herumführen muss.

Abschied nehmen. Wo kann man das besser als auf einem Friedhof? Bislang hat Lua sich nicht an das Grab ihres Mannes gewagt, zu bizarr schien ihr die Vorstellung, seinen Namen auf einem Grabstein zu lesen. Jetzt hält sie den Zeitpunkt für gekommen. Aber weil sie nicht mit leeren Händen kommen will, hat sie vorher noch etwas zu erledigen.

Lua betritt die Terrasse der Kupferkanne nach Ansturm der Tagesgäste. Wie blank poliert funkeln die Gleise in der Abendsonne. Goldene Augenblicke. Heute wird kein Zug mehr kommen. Die Tische abgeräumt, die Aschenbecher geleert, aber – das muss ein Zeichen sein – die Narzissensträuße, die ihr neulich so gut gefallen haben, sind noch da. Um die geht es ihr.

Davids Regel: Blumen müssen entweder geklaut sein oder selbstgepflückt. Am besten beides. Kosakenerbe. Rabenseele. In Hamburg brachte er ihr abends Rosen aus fremden Gärten mit, am liebsten in Farben, die sich bissen. Rosé und Orange. Lila und Apricot. Nur Narzissen kamen stets unicolor.

Lua pflückt einen Ministrauß aus der nächstbesten Vase: zu mickrig. Erst nachdem sie sich an drei Tischen bedient hat, macht ihre Beute etwas her. Ihr Puls: ruhig. Luft: ausreichend vorhanden. Luas Bewegungen sind die eines Menschen, der sich im Recht weiß.

Ein paar Nachzügler auf den letzten Sonnenplätzen trinken

Weißwein, in angeregte Unterhaltungen verstrickt. Sie schauen nicht mal rüber. Das war der leichtere Teil ihrer Mission.

Friedhof mit Aussicht, genannt Himmelsgarten, obwohl Beete verboten sind. Die Abgeschiedenheit des Ortes, den man als Fußgänger mühevoll erklimmen muss, eine Verneigung vor den Dahingeschiedenen. Außer ihnen darf sich hier niemand zur Ruhe betten. Natur unter Schutz. Krüppeleichen, Heide, Gras. Hier ein Haus! Das ginge weg wie geschnitten Brot. Bei dem Fernblick. Doch nicht mal Otte ist es gelungen, an dieser Stelle des Dorfes Bauland zu erwerben. Auch sein Versuch, ganz in der Nähe eine Seilbahnstation errichten zu lassen, scheiterte – Davids Engagement bei den Nationalparkbehörden sei Dank. Eine Glasbodengondel übers Kalte Tal. Auf so etwas kann wirklich nur jemand kommen, dem der Größenwahn in die Wiege gelegt wurde!

Mit angewinkelten Ellenbogen bahnt sich Lua ihren Weg durch die Verstorbenen, die stumm, aber untot zwischen verdörrtem Heidekraut und versprengten Gesteinsbrocken auf ihren Gräbern herumlungern. Die es nicht unterlassen können, vor ihr auszuspucken:

Mörderin!

Lua zieht den Kopf ein, findet wie ein treues Hündchen an einer unsichtbaren Kette gezogen das Grab des Mannes, dessen Namen sie weiterhin trägt, ohne jedes Gespür dafür, ob er ihn zurückhaben will.

David Baron.

Geburtsdatum.

Todesdatum.

Es kommt ihr gelogen vor. Wie kann ein Leben nach fünfunddreißig Jahren zu Ende sein? Was für eine unausgegorene Zeitspanne!

Grabkerzenstummel und grauer Granit, die Ränder des Steins unbehauen – gut so, das hätte ihm gefallen, genauso die schnörkellose Schrift der Gravur, die der Steinmetz graugolden lackiert hat. Aber wozu ein Trauerspruch, der einem den Boden unter den Füßen wegreißt?

Ein ewig Rätsel ist das Leben,
Und ein Geheimnis bleibt der Tod.

Bleibt.

Er.

Nicht.

Das darf einfach nicht sein, so ein Ende, das ist unter aller Würde. Lua liest die Worte wieder und wieder, dazu muss sie sich zwingen, ihr Verlangen, feige wegzusehen, ein Verstoß gegen jede Witwenmoral.

Sie hält den Narzissenstrauß mit eisigen Händen, der schlecht verheilte Sensenschnitt brennt, die Sonne scheint nicht mehr, Schluss mit Gold. Über Lua liegt der Himmel jetzt blank. Nichts, woran der vom Anblick des Grabsteins gequälte Blick sich auf der Suche nach Trost klammern könnte, keine Wolke, kein Gestirn, nicht mal ein Hauch von Struktur. Alles verlassen, still und starr.

In Lua steigt Panik auf. Sie kennt dieses Nichts! Zwar hat sie es nie zuvor in dieser Deutlichkeit vor sich gesehen, sonst hört sie es bloß, lauscht seiner Ausdruckslosigkeit jeden Abend vor dem Schlafengehen, wenn sie das alte iPhone einschaltet und Davids längst stillgelegte Nummer zu wählen versucht. Die sie nicht mehr weiß.

Die Leere.

Luas Muskeln sind weit über die Schmerzgrenze hinaus gespannt, ihr Körper will weglaufen, doch der Verstand weiß nicht, wohin. Ein Zittern breitet sich in ihr aus aus. Lua braucht eine kleine Weile, um zu begreifen, dass sie weint – und eine geraume Zeit, um wieder damit aufzuhören. Sie hat das Gefühl, es steht ihr nicht zu. Nicht an diesem Ort.

Den es eigentlich nicht geben dürfte.

Ein leeres Grab! Wer denkt sich so etwas Abartiges bloß aus? Lua weiß es: Freunde, Verwandte, Fans. Entsetzt über seinen Tod, wollten viele damals ein Zeichen setzen, als Ehefrau und Erbin musste sie erst einwilligen, später zahlen, eine Einladung zur Trauerfeier blieb allerdings aus. Sie wäre wohl auch nicht hingegangen, mit Handschellen ausgestattet und in Begleitung eines Justizvollzugsbeamten.

Ein leeres Grab also. Dessen rechtmäßiger Besitzer (oder sagt man Bewohner?) in genau dem Fluss auf Nimmerwiedersehen verschwand, der tief unter Lua so malerisch seine Kurven zieht. Was für ein Panaroma Davids Leichnam hier empfangen hätte. Hätte man ihn gefunden. Die Klippen, der Fluss, die Weite der Wälder.

Ein Schwarm Wildgänse zieht nordwärts, treibt einen Keil in die Ödnis des Himmels. Die Rufe der Tiere wie Gelächter. Als Lua ihre Blumen ablegen will, stellt sie fest, dass bereits jemand vor ihr die gleiche Idee hatte: Narzissen! Ein praller Strauß, dem Exemplar in ihrer Hand zum Verwechseln ähnlich, was nicht allein daran liegt, dass er eben auch aus Narzissen besteht, die Blumen stehen obendrein in einer dieser zylindrischen Tischvasen, wie sie in der Kupferkanne verwendet werden, billiges Klarglas, Gastronomiebedarf. Noch so ein Klaustrauß!

Ein ewig Rätsel ist das Leben.

Das schon, aber –

Von wem stammen diese Blumen? Davids Eltern sind tot, Freunde und die restliche Verwandtschaft andernorts daheim. Und die Rabenleute von hier halten ihn ja, Otte zufolge, für jemanden, der bekommen hat, was er verdient, einen Dreckskerl, der Tiere quälte und Frauen schlug. Wer lässt sich denn bitte dazu herab, so einem Blümchen ans Grab zu bringen, noch dazu geklaute, wie er es am liebsten mag? Fans – immer noch? Wohl kaum.

Er sich selbst?

Was, wenn er noch lebt?

Lua wird übel, als ihr Gehirn eigenmächtig eine verbotene Schleuse öffnet und der Gedanke sie von Kopf bis Fuß durchströmt. Wenn sie nicht vor Kummer halluziniert, jedes Mal, wenn sie David sieht oder spürt, wenn er wirklich in ihrer Nähe war – *ihr Mann*: kein Geist, keine obdachlose Landstreicherseele, sondern leibhaftig? Auf den Straßenbahnschienen, vorm Discounter bei den Einkaufswagen, in ihrer Wohnung, um den Ring und die anderen Dinge zu klauen. Im Rettungshubschrauber! Was wäre wenn?

Ausgeschlossen! Sie hat sein Blut auf den Fotos der Ermittler gesehen, ein riesiger brauner Fleck flussabwärts, auf dem duftenden Waldboden der Jungferninsel. Letal – so die Gerichtsmedizin. Zweifel ausgeschlossen.

Lua japst, sie fühlt Schweiß rinnen: kalt auf der Stirn, heiß am Rückrat, dann saugt die große Leere sämtliche Farben aus der Welt und die verblassten Bergkämme fahren mit ihr Karussell, ihre Knie werden weich. Sie muss sich auf die Bank vor dem zweimannshohen Eisenkreuz setzen, um wieder zu Kräften zu kommen.

Lass los.

Lass endlich los!

Luas Einsamkeit ist überwältigend. Als ihr Wegwerfhandy erneut klingelt, erschrickt sie zwar, empfindet dabei aber beinahe so etwas wie Dankbarkeit und nimmt das Gespräch sofort an.

»Hallo?«

»Lua? Bist du das?«

Eine weibliche Stimme, die sie nicht einordnen kann.

»Wer ist da bitte?«

»Johanna Zaborski. Deine Kollegin von der Kasse.«

Ach ja: die Nette. *Lass nicht zu, dass die Schweine dich fertigmachen.*

»Ich habe gute Nachrichten für dich. Alles hat sich aufgeklärt. Der Marktleiter hat auch schon versucht, dich zu erreichen. Die Anzeige wurde fallengelassen. Du wirst nicht gefeuert. Ist das nicht toll?«

Ist es das?

»Lua? Bist du noch dran? Lua?«

»Ja, ich bin hier.«

»Wo steckst du denn?«

Schweigen. Johannas Stimme klingt warm. Wenn sie hier und jetzt neben ihr stünde, würde sie Lua gewiss in den Arm nehmen, ganz ohne Fragen zu stellen. Das wäre schön.

»Ist ja auch egal. Kannst du morgen gleich die Frühschicht übernehmen?«

»Klar kann ich das. Ich hab ja sonst nichts zu tun.«

Sie legen auf. Lua hat das Gefühl, auf die Dinge keinen Einfluss mehr zu haben. Die Umstände spielen mit ihr. Ein Blatt im Wind.

Wieder lachen Gänse am Himmel.

In Luas Kopf dreht sich alles um Mütter und Männer. Mehr noch als nach einer Umarmung sehnt Lua sich nach einem Typen, der ihr eine scheuert. Weil sie es verdient hat.

16

Johanna. Ein Name für eine Heilige, und das ist sie auch. Eine Heilige mit Buddy-Holly-Brille und glätteisenglatter Bob-Frisur, nur auf den ersten Blick eine alltägliche Erscheinung. Die nach dem Schulabschluss auch nicht gerade davon geträumt hat, irgendwann mal im Drogeriemarkt um die Ecke an der Kasse zu kauern, doch als es knapp wurde mit den Raten fürs Eigenheim, den immer anspruchsvolleren Wünschen der Kinder, die man ja auch nicht sämtlich abschlagen kann und will, als ihr Mann keinesfalls noch mehr Überstunden schultern konnte, bei aller Liebe nicht, musste eben ein Job her, möglichst nah, möglichst Teilzeit – und voilà.

Johanna Zaborski, die Nette von Kasse zwei, hat sich anscheinend vorgenommen, Lua von nun an unter ihre Fittiche zu nehmen (wie sie es sicher nennen würde), ihr Herz ist groß und rein und ein wenig gelangweilt, es schlägt für Pflichterfüllung im Allgemeinen und Heldentaten im Besonderen. Keine Raben-, sondern eine Löwenmutter, eine, wie Lua sie nie hatte.

Zurück in der Trabantenstadt, kann Lua diese Art Zuspruch gut gebrauchen. Ein Zimmer, Küche, Bad, keine Sense immerhin, aber das allein macht auch nicht alles wett. Pfeift die Sehnsucht, die sich wie ein Durst anfühlt, uferlos wie ihn sonst wohl nur die Kalten Kehlen kennen, nicht zurück an die Kette.

Was könnte ihn stillen?

Johannas Strategie, ganz pragmatisch: Saufen. Hat eine gewisse Logik. Ein Piccolöchen in der Mittagspause (laut Leitfaden verboten), zwei, drei Wodka Lemon auf der nächstbesten Bowlingbahn, ein Riesenglas Grauburgunder im Garten ihres Endreihenhauses, wo ihr Mann Torsten nach Feierabend Würstchen und eingelegte Nackensteaks grillt. Für Fleisch, Spirituosen und Kartoffelsalat braucht Johanna während der Arbeitszeit nur kurz über den Parkplatz zum Discounter, wenn der Marktleiter nicht hinsieht.

Schweinenacken! Früher hätte Lua die Nase gerümpft, jetzt isst sie, was auf den Tisch kommt, isst und schmeckt künstliche Aromen, trinkt billigen Grauburgunder und schmeckt nichts, aber die Drehzahl stimmt und im Garten vorm Jägerzaun blüht ein Magnolienbaum so schön.

»Soll ich mich nach der Schicht etwa noch in die Küche stellen und Salat schnippeln?«, fragt Johanna, als hätte sie Luas Nicht-Nase-Rümpfen bemerkt.

»Du sollst gar nichts.«

»Genau, Mädels, entspannt euch und trinkt noch ein Gläschen. Lasst das mal alles den Grillmeister machen.« Torsten, der Chemiker, barfuß in Gartenclogs, abgeschnittene Jeans, T-Shirt mit dem Aufdruck »Best Daddy«, hebt die Grillzange wie einen Taktstock.

Mädels? Grillmeister? Lua staunt. Sicher, sie hat geahnt, dass diese Art Ehemänner, diese knuffigen Kerle mit ihren freundlichen Knopfaugen, nicht nur in Werbespots für Bausparverträge, sondern auch in der Realität existieren, irgendjemand muss ja sommers die Berge von fertig eingelegtem Grillgut vernichten, die in jeder Fleischauslage feilgeboten werden. Und, wie schon ihre versnobte Mutter bemerkt hatte, als Lua noch zur Schule ging: Irgendjemand muss auch in Reihenhäusern leben.

Was sie so frappiert: Denen fehlt nichts.

Ihnen fehlte alles, sie waren trotz bester Grundvoraussetzungen völlig degeneriert.

Im Überfluss verdurstend.

Vereist.

Wie leicht es sich in Johannas kleinem Garten atmen lässt. Lua mag den Grillmeister, mag den dicken Labradormischling, der am liebsten hinter den Ohren gekrault werden will, wo sein Fell seidenweich ist, mag auch die Kinder, obwohl sie, das war zu befürchten, Davids Wunsch nach einem Baby heraufbeschwören, seinen letzten Wunsch, genau genommen.

Steht nicht irgendwo geschrieben, dass letzte Wünsche um jeden Preis erfüllt werden müssen?

Johannas Kinder jedenfalls sind hinreißend. Jette, zehn, und Joris, acht, beide mit dem J der Mutter, das rührt. Wie hätten sie ihr Kind genannt? Kein Name mit einem L, so viel ist sicher.

»Weiß jeder im Laden, dass ich im Knast war?«, fragt Lua Johanna in einer stillen Minute.

Sie nickt betreten.

»Auch, warum?«

»Ja. Das hatte sich schon vor deiner Ankunft rumgesprochen. Aber mach dir keine Gedanken. Alle sind auf deiner Seite. Zumindest alle Frauen.«

Auf ihrer Seite?

Wo bitte soll das sein?

Lua spielt mit Jette Federball, drischt auf alles ein, was schmerzt, Kinder-, Mann- und Ringlosigkeit, Grabsteinschwere, Narzissenneid, Glücksneid, Bestrafungsfimmel, Muttertick, da kommt einiges zusammen, kein Wunder, dass der Ball ständig im Rhododendron des Nachbarn landet. Johnny, der Hund, vom Jägerzaun ausgebremst, kläfft vor Wut.

»Ich besitze eine Jagdhütte im Harz«, sagt sie zu Johanna, gibt den Schläger an Joris weiter und füllt ihr Weinglas aufs Neue. »Da hätten die beiden ohne Ende Platz zum Spielen. Keine Zäune. Ihr könnt sie kaufen, wenn ihr wollt.«

»Nichts lieber als das. Aber leider müssen wir schon dieses bescheidene Spießerheim hier bis in alle Ewigkeit abstottern. Ich bezweifle, dass die Bank uns noch mehr Geld leiht.«

»Ich mache euch einen guten Preis.«

Auf Johannas fröhliche Offerte, sich das Ganze mal anzusehen, winkt der knuffige Grillmeister ab, als Johanna dessen ungeachtet sogar ein »Mädelswochenende« im Harz vorschlägt, zeigt er kalte Kante. Knopfaugen zu Schlitzen. Zwei Tage strohverwitwet seinen Vaterpflichten nachzukommen, die Vorstellung ist augenscheinlich nicht nach seinem Geschmack, da muss Lua, die echte Witwe, sich flugs hinten anstellen.

Muss sie.

Weiß sie.

Seinen Unmut schiebt er, ohne zu zögern, auf die Kinder, mit denen müsse man auch dringend etwas unternehmen: als Familie. Familie – der Trumpf sticht immer, findet Lua. Keimzelle von Staat und Gesellschaft, ein besonders schützenswertes Biotop, heiliger geht es nun wirklich nicht, da kommt sogar eine Löwenmutter kaum gegen an, nicht mal eine wie Johanna.

»Und wenn wir alle zusammen in den Harz fahren?«, schlägt sie vor.

Die Kinder jubeln.

»Nichts da, wir machen es uns lieber zu zweit gemütlich. Seele baumeln lassen.«

»Sicher?«

»Klar doch.«

Luas Zweifel könnten kaum größer sein, doch das behält sie

für sich. Noch eine Familie will sie nicht auf dem Gewissen haben. Die wievielte wäre es dann?

Die Frage verfolgt Lua bis auf die Marshmallowmatratze ihres Schlafsofas.

»Du machst alles kaputt.« Das kam von Herzen. Die Anklage war ihrer Mutter, sonst falsche Freundlichkeit in Person, in einem unbeherrschten Moment rausgerutscht, und nun, da es geschehen war, legte sie sogleich nach: »Dir geht's zu gut, Fräulein.«

Da war Lua wie alt? Fünf, maximal sechs Jahre, malte am liebsten mit Kreide auf der Straße (noch keine Hubschrauber oder Flugzeuge, sondern Blumen, wie es sich gehört), ein Mädchen in Mädchenkleidern, Schleifen im Haar.

Sie begriff sofort, dass nicht nur das Glas gemeint war, in dessen Kristallscherben sie stand, weil es ihr beim Safttrinken aus den Händen gerutscht war.

Lua, dem Kind, ging es gut, das stimmt, Malkreide, so viel ihr Herz begehrte, ein großes Zimmer, keiner schlug sie – aber zu gut?

Hat sie das Glas vielleicht doch mit Absicht fallenlassen?

Kann eine Fünfjährige alles kaputtmachen, bloß weil sie sich schwertut, den Steuerberater, den Neuen der Mutter, Papa zu nennen und dessen Tochter als ihre große Schwester zu betrachten? Eine Schwester, die sie schließlich nie gewollt hat. Wenn überhaupt, dann einen Bruder, doch der kam nicht, nur noch ein weiteres Mädchen.

»Mein Drei-Mädel-Haus!«, prahlte der Steuerberater vor seinen Freunden, Lua weiß noch, wie überrascht sie war, dass er sie mitzählte, dass er nicht mal eine Kommastelle abzog, weil sie sich so frappierend von den anderen unterschied und beim besten Willen nicht hineinpasste in diese neue Familie, für die eine alte, gebrauchte, hatte dran glauben müssen.

Du machst alles kaputt.

War es überhaupt jemals heil?

Unter Luas Füßen klebte der frisch gepresste Orangensaft, den es morgens immer gab. Auf ihren Wangen das Rot der Scham.

Die Nichtschwestern alberten herum, während die Zugehfrau, also diejenige, die sich im Hause Köhler für alle zu bücken hatte, Schaufel und Handfeger holte und Lua, fünf oder sechs, Schleifen im Haar, ihren Blick im Gewürzregal versenkte und grübelte, inwieweit das Auseinanderbrechen von Familie Nummer eins auch schon auf ihr Konto ging.

Wo war ihr richtiger Vater, den sie nicht kannte? Hatte er sich am Ende ihretwegen aus dem Staub gemacht – oder lag es doch am Steuerberater?

Mein Zweieinhalb-Mädel-Haus, hätte der in Luas Augen ewig Neue ehrlicherweise prahlen sollen, wenn überhaupt. Aber dann hätte es ja Gerede gegeben.

Im Morgengrauen – hellwach, immer noch durstig – verlässt Lua ihr unbequemes Nachtlager, geht auf und ab, trinkt Leitungswasser, obwohl sie doch weiß, dass ihr Durst aus anderen Quellen gestillt werden will, schluckt und schluckt, bis sie das Gefühl hat zu platzen.

Als sie nach draußen will, muss sie sich den Zugang zum Balkon erst freiräumen, sie selbst hat die Umzugskartons aus der Hamburger Wohnung zur Barriere aufgestapelt, um zu verhindern, dass sie wieder stundenlang dort draußen herumsteht, Gespenster sieht und die Kalten Kehlen rufen hört.

Doch, endlich im Freien, sieben triste Stockwerke über dem Boden, ruft keiner, gespenstert niemand.

Die Gleise sind Gleise, der Fluss ist unendlich weit weg.

Eine Erkenntnis, die sogar den Durst besiegt. Lua fühlt sich normal. Dreiunddreißig, frei, eine Frau mit zu viel Grauburgunder intus, eine Witwe, die schlicht und ergreifend Mist gebaut hat, großen Mist sogar, aber jetzt vielleicht im Begriff ist, ihr Leben wieder in die Spur zu bringen. In die Luft also. Dass sie irgendwann wieder fliegen kann, erscheint ihr plötzlich wichtiger als alles andere. Und deshalb muss sie Johanna dazu bringen, die Jagdhütte doch zu kaufen. Bei ihr wäre sie wenigstens in guten Händen.

Obwohl es erst fünf ist, ruft sie mit dem Handy ihren Onkel an. Mattis meldet sich nach dem zweiten Freizeichen (immer noch der alte Frühaufsteher), klingt erfreut, sie zu hören, dennoch bringen sie kein richtiges Gespräch zustande. So normal ist sie dann doch wieder nicht, von Mattis ganz zu schweigen. Sein tätlicher Angriff neulich im Flur: Der tickt doch auch nicht ganz richtig. Vielleicht wirkt er deswegen so verlegen.

»Ist das deine neue Nummer?«

»Ja, das ist meine neue Nummer.«

»Gut, sehr gut. Und?«

»Alles gut. Und bei dir?«

»Auch gut. Ich war gestern zum Abendessen drüben. Wir haben im Garten gegrillt.«

Drüben, das bedeutet bei den Köhlers. Insgeheim hat sie Mattis immer übel genommen, dass er zwar regelmäßig für sie Partei ergriff, die engen Bande zu seiner Schwester, ihrer Mutter, darunter aber nie zu leiden schienen.

Mattis und Norgard – Pech und Schwefel. Vielleicht hat sie deswegen von einem Bruder geträumt.

»Und? Alle vollzählig versammelt?«

»Deine Schwestern waren zufällig auch da mit ihren Familien, ja. Aber von vollzählig kann natürlich keine Rede sein, solange du fehlst.«

»Ach komm.«

»Nichts, ach komm.«

»Ich weiß, ich weiß, ihr tragt mich alle im Herzen.«

Lua stellt sich den Garten ihres Hamburger Elternhauses vor, den langgestreckten Rasen, die Lebensbäume, die Trauerweiden, den Seerosenteich mit der japanischen Brücke, alles immer tipptopp in Schuss. Schwer zu sagen, wie oft die Reihenhausparzelle von Johannas Familie dort hineingehen würde. Fünf Mal? Wer wohl für die Köhlers die Fleischzange in die Hand genommen hat? Nicht der Steuerberater. Man lässt grillen (gärtnern sowieso).

»Ich war gestern Abend übrigens auch zum Grillen eingeladen«, sagt sie.

»Wirklich? Das freut mich!«

Pause.

»Also geht es dir gut?«

»Habe ich doch gesagt. Es geht mir gut.« Sie meint es ehrlich. Auch wenn beim Klang der vertrauten Stimme die Aufbruchsstimmung bröckelt.

»Gut.«

Als er ihr wieder Geld anbietet, sagt Lua nicht nein. Wozu noch der Stolz, der ihren ruinierten Ruf ohnehin nie und nimmer wieder geradebiegen kann? Soll er doch zahlen, ihr Lieblingsonkel. Sich freikaufen, wenn sie ihm wirklich so sehr fehlt. Später schickt sie Mattis eine SMS mit ihrer Kontonummer, für die er sich bedankt.

Bitte sehr.

Familie. Keimzelle von Staat, Gesellschaft – und Schmerz.

17

Vor –

Zurück –

Schwerelos –

Zurück –

Vor ...

Alles schaukelt: Erinnerungen – Treibholz – Wellenkämme – Kinder. Glückliche Kinder, von einer glücklichen Mutter verwöhnt.

Johanna hat für Jette und Joris auf Luas Harzer Veranda bunte Stoffhängematten angeschraubt, die sie enthusiastisch in Beschlag genommen haben, genau wie die Baumschaukel am Fluss.

Seelen, baumelt! Lua hat alle Verkaufsambitionen bis auf Weiteres vertagt, denn sie hat Besseres zu tun: Schon das dritte Wochenende in Folge verbringen sie zu fünft in Rabenstein, zwei Frauen, zwei Kinder, ein Hund. Für ein »Mädelswochenende« hat es nicht gereicht, immerhin sind die Männer außen vor, einer tot, einer daheim.

Ob Johannas Torsten damit zurechtkommt? Eher nicht. Beim ersten Mal brachte er sie bis zum Lada, stand auf dem Gehweg und winkte seiner Familie nach, eine rührende Geste, die Lua sogleich an die hinreißende Familie aus dem Schmalspurzug erinnerte, da fehlte nur noch das Taschentuch. Beim zweiten Mal winkte er kurz und knapp von der Reihenhaustür aus. Gestern am Freitag hatte sich das Winken erledigt, der Abschied der Eheleute stark unterkühlt.

Die Einzige, die deswegen ein schlechtes Gewissen mit sich herumschleppte, war Lua, doch Johanna wollte davon nichts hören: Ein wenig Abstand täte ihnen beiden ganz gut. Ihm die Möglichkeit, auch am Wochenende zu arbeiten, ihr das Nichtstun.

Dabei tut sie alles außer nichts! Kocht, wäscht ab, schneidet Lua die Haare raspelkurz, sodass nur noch das nachwachsende Trotzrot zu sehen ist, streicht die Fensterläden der Jagdhütte, mäht die Hauswiese mit der Sense – von früh bis spät bester Laune. Lua, endlich nicht mehr *Frosty Praline*, faulenzt, spielt, schaukelt tagtäglich auf der Verlobungsschaukel flussaufwärts. Wenn sie nicht gerade abends zusammen Wein trinken, kommt sie sich vor wie das dritte Kind. Einer heilen Familie.

Doch kaum hat das Wort »heil« in Luas Kopf Gestalt angenommen, verströmt es sein vertrautes Gift.

Heil –

Kaputt ...

Die Schaukel schwingt, der Fluss hätschelt das Ufer und säuselt jedem, der es hören will, Zärtlichkeiten ins Ohr, Lua, ein ziemlich kaputter, kurzhaariger Mensch, gehalten von einem heilen Kandelaberstamm, will es hören, sie pendelt von verhasst zu verhätschelt, von verlobt zu verwitwet.

Ob sie über David sprechen wolle, fragt Johanna beim Wein. Ein herrlicher Abend, warm wie im Sommer, doch das Grün flirrt im Sonnenuntergang noch ganz und gar frühlingshell, die Kinder, todmüdegespielt, sind in ihren Hängematten eingeschlafen. Da ist Lua drauf und dran, der neuen Freundin alles von sich zu erzählen, so wie sie früher auf derselben Veranda bei einem anderen Wein Nadja, der alten Freundin, vielleicht nicht alles, aber ziemlich viel erzählt hat, ein Versuch, sich zu erklären, während David allein die Wildnis durchwanderte, auf Tiere schoss – und vielleicht nicht immer so tötete, wie es sich gehört.

Gehört sich Töten überhaupt?

»Ich kann nicht über David sprechen.«

»Okay. Das verstehe ich.«

»Ich vermisse ihn.«

»Natürlich tust du das. Es geht vorbei. Ganz bestimmt.«

Lua würde Johanna gern erklären, dass David nicht der Dreckskerl war, für den sie ihn hält, doch sie weiß nicht, wo sie anfangen soll, also schweigt sie und starrt auf ihr Glas.

Wie hübsch der Weinkelch aussieht. Wie nackt und schutzlos die Hand, die ihn hält. Wird sie sich je an den Anblick gewöhnen, wird sie wirklich irgendwann aufhören, David zu vermissen, sich vielleicht sogar den Ring eines anderen an den vernarbten Finger stecken? Lua kann es sich nicht vorstellen.

Die Nacht dürfen Jette und Joris, behütet von Johnny, dem Hund, in den Hängematten weiterschaukeln.

Lua, betrunken, weinerlich, lässt sich von Johanna ins Ehebett bringen und sieht keinen Grund, warum sie nicht – wie damals auch Nadja und sie – zu zweit darin schlafen sollten, zumal die Gästeluftmatratze im Wohnzimmer Luft verliert. Zumal sie den Geruch und die Nähe einer Freundin, die mit Leib und Seele Mutter ist, schon in den Nadja-Nächten beruhigend fand.

Davids Machoreaktion, als er einmal frühmorgens zurückkam: Mit lautem Räuspern weckte er sie, um dann dreist am Fußende des Betts zu verharren. Zwei Frauen, golden eheberingt, in Unterwäsche. Haut und Haare. Sein lüsterner Wolfsblick, das Gewehr noch über der Schulter. Fast schien es Lua, als sei nicht sie, sondern Nadja gemeint.

Eine Wiederholung des peinlichen Szenarios ist Gott sei Dank ausgeschlossen, und das nicht nur, weil David (außer als Geist) nie mehr zurückkommen wird, sondern auch, weil Johanna, bei allen Gemeinsamkeiten, die die Mütter der Welt einen, eben keine Nadja ist.

Nadja sagte niemals: «Das verstehe ich», wenn Lua weder reden noch zuhören wollte, sie sagte stets: »Du musst!«

Musst reden!

Musst dich trennen!

Und anders als die bebrillte Johanna war sie, wie sogar Lua mit ihrer Kleinmädchenschwäche für besonders kerlige Kerle erkannte, eine atemberaubend schöne Frau, auf dieselbe Art atemberaubend wie David und all die anderen Rabenkosaken aus dem Kalten Tal. Dunkel, wild und ungleich schöner als Johanna auf jeden Fall. Leider auch als Lua mit ihrer durchscheinenden Haut, weshalb sie neidische Ehefrau genug war, David aushorchen zu wollen:

»Warst du mal mit Nadja zusammen?«

Darauf er: »Ich hatte sie alle!« Das Timbre seiner Stimme eines Mafiabosses würdig.

Erst nach Rückeroberung seines Territoriums stellte David schwer atmend, schwer auf ihrem Becken ruhend, klar: »Nadja und ich, das wäre ja, als würde ich was mit meiner Schwester anfangen. Wir waren Sandkastenfreunde. Was du immer so denkst, Lua Lua Lua.«

Er zeigte ihr die Eckzähne.

In Luas Hals pochte die Halsschlagader, draußen tobten die Kalten Kehlen.

Anderntags auf der Schaukel ließ Nadja sie wissen: »Natürlich hatte dein David sie alle.«

»Und dein Otte?«

»Mein Otte muss auch nicht alles wissen.«

Klatschreim:

Die Männer sind ja so, so, so.

Lua, Kinderstimmen im Ohr, denkt, dass es immer um Einsamkeit geht, wenn eine Beziehung schal wird. Johanna sollte sich gut überlegen, wie oft sie ihren Torsten künftig übers Wochenende allein lässt.

18

Was für ein Montag. Nach all dem Schaukeln, der Nähe und dem Wein ist das Kassieren eine Härte. Und wie Lua kassiert (also einsteckt). Sich gegen die Frechheiten der Kunden zu wehren ist dennoch ausgeschlossen, denn es gelten nach wie vor die Gesetze des Leitfadens.

Lua, Bluse gestärkt, Hose mit Bügelfalte, leistet sich keine Fehler. Der Scanner piept, die Hände fliegen, die Kassenschlange übersteigt nie das Fünf-Personen-Soll, dabei haben es sämtliche Kunden an diesem Morgen auf sie abgesehen, Frauen, Männer, jung, alt – ausnahmslos.

Die Anführerin der Schulmädchen-Clique, dieselbe in Glitzer verpackte Zuckerpuppe wie sonst auch, rülpst ihr biertrunken ins Gesicht, rotzt auf die Nummerntastatur des Kartenterminals, wofür Lua (wieso nicht der Teenager?) minutenlange Schimpftiraden der Nusspralinen-Oma über sich ergehen lassen muss. Darüber hinweglächeln muss, als sie die Spucke mit einem feuchten Lappen beseitigt und anschließend Desinfektionsmittel aufsprüht. Wie der Marktleiter zu sagen pflegt: Was muss, das muss.

Ihr Lächeln: versiert. Ab und an sogar ehrlich, denn die meisten Demütigungen prallen an ihr ab.

Sogar als der Mann mit dem Ehering aufkreuzt, seinen Einkauf ausnahmsweise bar bezahlt und Lua (Zufall oder Rache im

Namen der Ehefrau) mit pedikürten Händen eine Zwei-Euro-Münze so ungeschickt überreicht, dass sie auf dem Fußboden landet, wahrt sie die Contenance. *Bückt sich* – vom Anblick des Graugoldrings geradezu hypnotisiert.

»Vielen Dank für Ihren Einkauf. Einen schönen Tag noch.«

Du mich auch.

Denkt der Ehemann. Lua vernimmt, nicht unzufrieden, jedes unausgesprochene Wort. Fein, wenn Ehen so gut funktionieren.

Aus dem Konzept bringt sie erst Johannas Torsten, Knopfaugenchemiker, Grillmeister und Best Daddy. Ein Mann, dessen Einsamkeit spürbar geworden ist. Die Freude, ein vertrautes Gesicht unter den Wartenden zu sehen, währt nur kurz.

»Hey, das ist ja eine Überraschung«, sagt Lua, angesichts seiner verdrossenen Miene erst recht um Fröhlichkeit bemüht. Sie scannt munter zwei Flaschen Biorotwein aus Spanien und eine Packung Edel-Kartoffelchips.

»Dreizehn dreizehn.« Lua strahlt. Ist doch wirklich mal ein lustiger Geldbetrag.

»Ihr habt Preise hier.«

»Ich weiß. Drüben ist es günstiger.« So unauffällig wie möglich deutet sie zum Discounter.

»Schon klar. Ich bin nicht zufällig hier, wie du vielleicht ahnen wirst.«

In der Tat ahnt sie Schlimmes. »Johanna fängst erst in einer Stunde an.«

»Ich weiß. Ich bin deinetwegen gekommen. Kannst du mal Pause machen?«

Kann sie sich drücken?

Was Torsten ihr dann zu sagen hat, draußen auf dem Parkplatz, gleich neben dem Kiddy Ride (pinkfarbenes Plastikpferd, gelbe Mähne, hellblaues Zaumzeug), verschlägt ihr zunächst die Sprache:

Sie habe sich aus seiner Ehe rauszuhalten.

Bitte was?

Das Schaukelpferd stößt ein einladendes Plastikwiehern aus. Artgerecht.

»Ich weiß nicht, was es ist, Lua, aber seit ihr befreundet seid, hat Johanna sich total verändert. Alles dreht sich nur noch um dich, dein Haus im Harz, wie schwer du es hast, deine ganze Bedürftigkeit. Johanna hat einen Narren an dir gefressen.«

Lua weiß das. Johanna ist nicht die erste Frau, die versucht, sich ihrer anzunehmen, meistens sind es passionierte Mütter, die sie, erwachsen, wie sie ist, von der Straße weg adoptieren. Irgendwo an einer überfüllten Pinnwand in Luas Hinterkopf heftet bereits eine ellenlange Liste der selbsternannten Beschützerinnen, ein Dokument des Scheiterns – oben schon verblichen, unten (letzter Eintrag: Nadja Otte) ist die Tinte noch frisch. Nun also Johanna. Warum nicht? Lua mag sie sehr.

»Ich bin nicht bedürftig«, hört sie sich lügen. »Du bist bedürftig, wenn du nicht mal drei Wochenenden allein bleiben kannst, ohne die Krise zu kriegen.«

»Das kann ich durchaus, aber bald sind Ferien, und die würde ich gern mit meiner Familie verbringen.«

»Dann mach das doch.«

»Könntest du mir einen Gefallen tun? Könntest du Johanna sagen, dass du ein bisschen ... allein sein willst?«

Allein ist sie doch schon. Genau wie das pinkfarbene Pferd, das um Fünfzig-Cent-Stücke und ein paar Minuten Aufmerksamkeit bettelt. Wie gern würde sie ihm Fichtes Kaltblüter vorstellen. Da ginge vielleicht was.

Und was geht bei ihr? Wieso sollte sie auf den einzigen Menschen verzichten, der ihr momentan guttut?

»Kann ich machen«, sagt sie zu Torsten, damit er abhaut. Dass ihre Augen feucht werden, muss am Wind liegen, der über den Parkplatz pfeift. Seit letzter Nacht stehen die Zeichen auf Wetterumschwung.

»Ich komme mir vor wie ein Arschloch«, sagt er.

Was will er noch – Absolution? Er ist ein Arschloch. Wie jedes Tier, das sein Revier verteidigt, stimmt's, Pferd? Möchte dein Wiehern vielleicht doch nicht einladend verstanden werden? Bist du am Ende sogar gern für dich?

Lua lächelt ihr Kassiererinnenlächeln. Johannas Torsten (unfassbar, wie sehr er sie plötzlich an Norgards Steuerberater erinnert, unfassbar, wie sie diese Ähnlichkeit bislang übersehen konnte) handekt rein instinktiv, er verletzt sie nicht absichtlich. Torsten ist lieb. Genau wie Johanna.

Wie zur Bestätigung lächelt er sofort zurück. »Ich habe so etwas noch nie gemacht. Johanna hatte schon immer viele Freundinnen, aber das mit euch, das ist anders, das ist so ... ich weiß auch nicht: groß. Ich habe Angst, dass –«

Sie alles kaputtmacht? Willkommen im Club. Wie damals in der Küche ihrer Mutter steht Lua da. Weint nicht, denn das würde nichts ändern. Best-Daddy-Torstens jämmerlicher Auftritt wirft alte Fragen auf: Woraus besteht ihre Sünde denn, was nährt ihre zerstörerische Kraft? Und wie kann etwas heil sein, das so leicht kaputtgeht?

»Mach dir keinen Stress«, sagt sie. »War ohnehin ein bisschen zu viel Happy Family für mich in letzter Zeit.«

»Ehrlich?«

»Ehrlich. Du weißt ja, ich habe gesessen. Da kommt man hart drauf.«

»Lua, also ...« Er heftet den Blick auf seine Füße. »Danke. Und sorry.«

Zum Abschied hält er ihr die Hand hin, und Lua ergreift sie.

Wie Strafe funktioniert: genau so!

Dabei war sie doch eigentlich schon ein Stück weiter, machte erste Fortschritte in ihrer Resozialisierung.

Ohne Rücksicht auf Make-up-Spuren wischt sie sich mit dem Blusenärmel über das Gesicht.

Gibt es einen besseren Weg, im Selbstmitleid zu versinken, als während eines stillen Ritts auf einem pinkfarbenen Plastikpferd? Lua kennt keinen.

Die Ehemänner der anderen. Als wäre sie nicht bereits genug bedient, als hätten sie sich abgesprochen, kommt Lua noch vor Ablauf der Pause ein weiterer Göttergatte in die Quere: Heiko Otte. Der Harzer Platzhirsch so weit außerhalb des eigenen Reviers?

Was zur Hölle sucht der hier?

Sie vermutlich.

Da kann sie froh sein, nicht mehr auf dem babyblauen Plastiksattel zu kauern, als er, Otte, frisch, geschmeidig, gekämmt, dem schlammverkrusteten Landlord-Jeep entsteigt. Ihre Freude währt nur kurz: Seinem Feixen nach zu urteilen, dürfte er sie schon von Weitem beobachtet haben.

Genießen und Schweigen ist leider nicht sein Metier: »Lua Baron, was für ein Abstieg. Vom Helikopter zum Mädchenpony.«

»Weißt du, Otte, die Dinger hier werden regelmäßig ausgewechselt. Da habe ich noch Hoffnung. Vielleicht kommt bald mal was mit Flügeln.«

»Tja, die Hoffnung stirbt eben immer zuletzt. Hör mal, ich war gerade in der Nähe, da dachte ich, ich schau mal kurz nach, wie es dir beim Kassieren so ergeht.«

Kassieren im Sinne vom Einstecken – blöd ist er nicht, er hat es sofort kapiert! Lua kann sich nicht erinnern, ihm von ihrem Job erzählt zu haben. Möglicherweise hat Mattis das übernommen, die beiden stehen oder standen schließlich in Kontakt. Oder er ist von Natur aus rundum informiert, ganz einfach weil er Heiko Otte ist und die Art, wie er seine Projekte angeht, es verlangt, stets alles über alle zu wissen, am besten sogar mit Vorsprung. Nur eine Eigenschaft von vielen, die David missfielen. Lua stellt fest: Sie hat kein Problem damit.

»Was hast du denn hier in der Nähe zu tun?«, fragt sie.

»Krankenbesuch. Nadja ist am Knie operiert worden. Das konnte sie schlecht im Harz machen lassen.«

»Tut mir leid.«

»Wird schon wieder. Übrigens: Ich mag dein Haar. Das Rot ist wieder da! Vorher sahst du aus wie zwanzig, jetzt wie zwölf. Ein zwölfjähriges Luder, versteht sich.«

Sie sehen sich an, lächeln sich an, kein Kassiererinnenlächeln diesmal, Lua sollte angemessen empört sein, doch davon ist nichts zu spüren, stattdessen amüsiert sie sich – anders als mit Torsten – geradezu köstlich. Sie sprechen eine Sprache.

Nein, Heiko Otte ist nicht lieb und tut auch nicht so als ob, es ist, wie es ist, sie mag Otte. Ihr Körper mag Otte. Obgleich der Wind weiter auffrischt, kühl und mahnend durch sie hindurchpfeift, schmerzt ihre Haut vor Hitze. Die vage Möglichkeit, es könne ihn aufrichtig interessieren, wie es ihr geht.

»Es geht mir mittelgut«, gibt sie zu. Genau wie bei ihrer letzten Begegnung verspürt Lua das Bedürfnis, offen und ehrlich mit ihm zu reden.

»Neuer Anfang – neue Frisur?«

»Scheint so.«

»Gehört dann nicht auch ein richtiger Tapetenwechsel dazu?

Auf zu neuen Ufern? Worauf ich hinauswill: Ich hörte, es geht nicht so recht voran mit dem Hausverkauf. Was ist aus dem Besichtigungstermin mit den Hannoveranern geworden?«

»Nichts.«

»Schade. Jetzt im Frühjahr ist eigentlich die beste Zeit zu verkaufen.«

»Für mich leider nicht.«

Otte stutzt. »Inwiefern?«

»Momentan nutze ich das Haus selbst. Als Ferienhaus, genau wie früher mit David.« Sie schaut auf die Uhr. »Du, meine Pause ist vorbei. Danke für deinen Besuch. Und auch noch mal dafür, dass ihr euch um den Lada gekümmert habt. Ziemlich happige Preise übrigens in der Indianer-Werkstatt.«

»Keine Ursache. Soll ich Gunni anrufen, damit er dir ein besseres Angebot macht?«

»Nein, danke. Geht schon. Und du brauchst mir auch keine potenziellen Käufer mehr zu schicken. Ich kümmere mich selbst darum. Okay?«

»Klar.« Er hebt beschwichtigend die Hände. »Wie du willst.«

Fünf Minuten später steht er bei ihr an der Kasse, legt Pfefferminzdrops und Bitterschokolade aufs Band, tatsächlich typische Mitbringsel für einen Krankenhausbesuch. Nadja liebt Bitterschokolade, soweit Lua sich erinnert.

»Wenn du mal ein lebendiges Pony reiten willst«, murmelt er, als er die Geheimzahl eintippt. »Ich bin momentan auch ziemlich einsam. Erschreckend einsam.«

Was für eine Anmache, so überzogen, so gewollt dummdreist, dass sie beide schon wieder lachen müssen. Es fühlt sich gut an. Rar.

»Das hast du nicht wirklich gesagt, Otte! Das bringst nicht mal du.«

»Ich habe es sogar wirklich gemeint.«

Wie du willst, Otte: Parole dreist. Kann sie auch, ihr Erfahrungsschatz aus den rebellischen Teenagerjahren mag tief vergraben liegen, aber er ist reich gefüllt.

Schweigend greift Lua in ihre Handtasche (Regelverstoß!), kramt ihren Haustürschlüssel hervor und überreicht ihn einem sichtlich überraschten Heiko Otte. Lua vermutet: angenehm überrascht.

»Falls du es dir anders überlegst, leg ihn einfach unter die Fußmatte«, sagt sie, passt auf, dabei wie ein zwölfjähriges Luder zu klingen, und nennt ihm ihre Plattenbau-Adresse. Die er wahrscheinlich auch schon lange kennt.

Heiko Otte hat es sich nicht anders überlegt. Unter der Fußmatte: Dreck, kein Schlüssel. Bevor Lua klingelt, presst sie ein Ohr an die Tür und hört Schritte, die auf und ab gehen, dazu klassische Musik, Händels Wassermusik.

Er hat die alte Anlage aus einem der Umzugskartons befreit und angeschlossen. Er hat aufgeräumt. Er hat zum Abendessen Sushi und guten Chardonnay eingekauft, Tisch und Stühle aus der Küche ans Wohnzimmerfenster getragen und dort gedeckt, zwei Ikea-Teller, Wassergläser, was eben da war. Keine Servietten, keine Tischdecke. Dafür ein Teelicht, das flackert, obwohl es draußen noch hell ist. So wohnlich war die Wohnung noch nie. Seinerseits kein Wort über den Zustand ihrer Bleibe, stattdessen eine Umarmung. Ein weiches »Hallo«.

Luas Ungeduld angesichts all dieser Freundlichkeiten kommt ihr selbst unangemessen vor. Sie weiß nicht, worauf sie spekuliert hat, Otte in Erwartung der Sünde splitterfasernackt auf dem Bettsofa? Irgendetwas in der Art.

So muss sie sich zu ihm setzen, mit Stäbchen essen wie der Stadtmensch, der sie einst war, sie muss den Wein langsam trinken und über die Möglichkeit eines Seilbahnbaus im Kalten Tal reden, weil sich kein anderes Thema ergibt. Anscheinend hat er seine Pläne mit der Glasbodengondel immer noch nicht aufgegeben. Es fällt ihr schwer, darüber nicht in Rage zu geraten, stellvertretend für David. Unter Händels tremolierenden Hörnern und strahlenden Trompeten hört sie den Fluss protestieren. Hört ihn so laut wie hier in der Stadt schon lange nicht mehr.

Lua will mit Otte schlafen, solange sie das schlechte Gewissen noch in Schach halten kann, solange sie wenigstens mit halbem Verstand an das glauben kann, was sie sich selbst in der Straßenbahn bis zum Beinahe-Erbrechen vorgebetet hat: Wenn sowieso jeder der Meinung ist, du würdest alles kaputtmachen, dann mach's doch einfach.

Mach's doch!

Mach's doch!

Schon als Fünfzehnjährige wusste sie, dass sie sich hinterher lausig fühlen würde.

Sie hat versucht, sich von dem destruktiven Mädchen von damals zu befreien – ohne Erfolg.

Womit sie nicht gerechnet hat: sich *währenddessen* schon lausig zu fühlen. Das ist eine neue Erfahrung.

Bereits als sie sich gegenseitig die Kleider vom Leib reißen (billig, erwartbar wie der Reim auf Schmerz in einem Schlagertext), ist Lua Lichtjahre entfernt von der Lust und der Leichtigkeit, die vorhin an der Kasse von ihr Besitz ergriffen haben.

Und jetzt? Jetzt schaut sie den dünnen Heiko Otte unter sich zu lange und zu genau an – quadratische Stirn, Seitenscheitel –, denkt an Nadja, an Johanna und ihren Torsten … und sehnt sich zurück auf den pinkfarbenen Plastikgaul. Wünscht den kühlen Wind vom Parkplatz herbei.

Ein ewig Rätsel.

Die Wassermusik ertrinkt im Brausen der fernen Kehlen. Kalt erinnert es sie daran, dass sie immer noch mit David verheiratet ist.

Auch Otte scheint mit den Gedanken weit weg, aber er ist nun mal ein Ehrgeizling, er bringt die Dinge, die er angefangen hat, zu Ende. Manchmal ist eben nicht der Weg, sondern das Ziel das Ziel.

Auf ihren Brüsten: rissige Hände, erstaunlich fremd. Kein Ehering. Am linken Daumennagel Deformierungen, als hätte er lange daran gekaut, ein stummes Bekenntnis von Schwäche, das Lua gleich wieder für Otte einnimmt.

Was weiß sie schon über ihn? Jeder, auch sie, neigt ja dazu, davon auszugehen, Männer wie er hätten ihren Schneid schon mit der Muttermilch aufgesogen.

Nur für wenige Augenblicke, zu kurz, aber lange genug, um sich erheblich besser zu fühlen, hat Lua das Gefühl, unmittelbar in sein Innerstes zu blicken. Verletzlich, nägelkauend blickt es zurück. Sie küssen sich mit geschlossenen Augen.

Als er kommt, hängt Ottes Mund nach unten.

Was riecht Lua den Fluss so nah.

Damit er sich nicht verpflichtet fühlt, sie anschließend noch lange (oder wenigstens für eine Anstandsweile) im Arm zu halten, springt Lua, kaum dass sie sich voneinander gelöst haben, behände auf. Sie schaltet die Anlage aus, bleibt mit dem Rücken zu Otte neben dem Turm aus Umzugskartons stehen.

»Warum fragst du nie nach Nadja?«, will er wissen.

Es trifft sie ins Mark. Das ist nicht fair. Nicht jetzt und nicht hier.

»Ich habe oft an sie gedacht. Aber ich wäre nie auf die Idee gekommen, sie anzurufen oder so, das stimmt. Vielleicht weil wir zuletzt ständig gestritten haben.«

»Habt ihr das? Wieso?«

»Sie war der Meinung, ich sollte mich von David trennen. Und du weißt ja, wie sie ist, wenn sie eine Meinung vertritt.« Lua streift ihre Arbeitsbluse über, ohne sie zuzuknöpfen. Ihren Slip kann sie in dem hässlichen Knäuel der Kleidungsstücke auf dem Laminat nicht finden.

»Jeder in Rabenstein war dieser Meinung. Und ich will dir nicht wehtun, Lua, aber nach allem, was dann passierte ...«

»Ja, ich weiß. Alles scheint so klar, so offensichtlich. Aber für mich, hier drin«, sie zeigt auf ihr Herz, das sich in ihrem Brustkorb gebärdet wie ein Ertrinkender, der mit den Armen um sich schlägt, »hier drin fühlt sich das alles vollkommen falsch an. Immer noch.«

»Lua, du tust mir leid. Du hast sie nicht alle. Vielleicht solltest du wirklich nicht mehr mit Nadja zusammenkommen. Geh woandershin und fang ein neues Leben an. Mach eine Therapie, das habe ich dir schon mal gesagt, und ich meine es ernst. Verkauf die verdammte Jagdhütte, hör auf, dich mit Leuten von früher abzugeben ...«

»Mit dir zum Beispiel.«

Otte seufzt. »Genau. Ich hätte nicht herkommen dürfen.«

Draußen fährt die Straßenbahn vorbei. Der Boden unter Luas Füßen vibriert kaum merklich.

»Du hast recht«, sagt sie. »Aber ...«

Eine lange Pause entsteht.

»Aber?«

»Ich will das Haus ja verkaufen. Aber immer wenn ich dort bin, sträubt sich alles in mir dagegen.«

»Du kannst nicht loslassen.«

»Ich weiß.«

»Du musst.«

Sagt wer?

»Tue es für dich.«

»Für mich oder für euch? Damit in Rabenstein wieder Ruhe einkehrt?«

»Sei nicht albern. Du nimmst dich zu wichtig, wenn du das denkst.«

Mit zornigen Handgriffen rafft Otte sein Zeug zusammen, um schnaufend damit im Badezimmer zu verschwinden. Schlüssel im Schloss. Wasserplätschern der Dusche.

Lua kehrt zurück auf die zerwühlte Bettcouch, legt sich flach auf den Rücken und zieht die dünne Decke bis zum Hals.

Hält die Luft an.

Taucht beim Schnorcheln wieder mal zu tief.

Herz, sauf ab!

Dass Otte, gekämmt, gescheitelt und nach ihrem pfirsichfruchtigen Lieblingsduschgel duftend, nochmals das Wort an sie richtet, ist eine Gemeinheit, nichts weiter.

»Ich liebe Nadja. Kennst du das – Liebe?« Er, der Ehebrecher, mustert sie, die Witwe, mit einem Blick, der ihr wahrscheinlich Respekt einflößen soll. Was auch gelingt.

»Ja, kenne ich«, flüstert sie, lange nachdem er gegangen ist.

19

Das erste Licht taucht den Himmel über der Trabantenstadt in kaltes, noch nachtscharfes Blau, scharf weht auch der Wind auf Luas Balkon. Am Horizont ballen sich dunkle Wolken an der Nordseite der Berge.

Lua, nackt bis auf die Arbeitsbluse, die Bettdecke um den Unterleib geschwungen, steht auf dem Balkon und betrachtet den Geist.

Davids Geist.

Lua hat ihn erwartet, und er ist gekommen: *Siehe, ich bin mit dir.*

Was, wenn nicht ihr mieser kleiner Kiddy Ride, sollte ihn heraufbeschwören? Sie und Otte – es ist erbärmlich.

Was Lua nicht erwartet hat: dass ihr Mann, irdisch wie ein Berufspendler, mit der ersten Straßenbahn eintreffen und sich, anstatt ihr abermals den Genickfänger oder sein Gewehr oder beides zu präsentieren, sogleich im Hauseingang schräg gegenüber verbergen würde. Sein schimmerndes Rabenhaar im Zwielicht, abgerissener Parka – einmal blinzeln und weg. Dennoch ist sie sicher, dass er dort unten ausharrt. Sie im Blick behält. Sie spürt Nähe, Hass, Begehren sogar, die Wucht widerstrebender Gefühle hängt in der Luft wie der Geruch von Regen.

Warum nur zeigt er sich nicht?

Genau das wird sie ihn fragen.

Ottes Mahnung, sich einen Therapeuten zu suchen, noch im Ohr, macht Lua sich auf den Weg nach unten. Knöpft die Bluse zu. Klaubt, weil es so am schnellsten geht, die zerknitterte Arbeitshose vom Boden auf und schlüpft hinein, der Slip vom Vortag fehlt noch immer. Die Vorstellung, ein Heiko Otte könnte Unterhosen klauen! Ist er wirklich so primitiv? Wahrscheinlich. Genau wie sie.

Lua rennt. Sieben Stockwerke abwärts, das dauert sieben Ewigkeiten, vielleicht wäre der Fahrstuhl doch schneller gewesen. Sie rennt auf die Straße, gegen einen alten Mann, gegen etwas, das klirrt, gegen eine Mülltonne. Rennt fast vor die Straßenbahn, die stadteinwärts unterwegs ist.

Als sie den Hauseingang des gegenüberliegenden Wohnblocks erreicht, ist niemand zu sehen, in allen Briefkastenschlitzen klemmen Werbezettel eines Pizzaservice. Sie schaut der Straßenbahn hinterher. Schwindende Rücklichter.

Er könnte eingestiegen sein.

Es könnte jemand anderes gewesen sein, ein armer Schlucker im Parka, der für einen Pizzaservice Werbezettel verteilt. Eine logische Erklärung – aber falsch.

Sie ist nicht verrückt!

Auch wenn es den Anschein hat.

Auch wenn Otte ihr das weismachen will.

Lua hat keinen Schimmer, woher sie plötzlich diese Gewissheit nimmt, die vorher nicht da war. Es muss etwas mit Otte zu tun haben, seinem Versuch, sie abzustempeln.

Auf dem Weg zurück ins Haus fällt ihr Blick auf den Lada, stadtfremd, deplatziert in seiner engen, urbanen Parklücke, und sie nimmt zunächst nur eine Veränderung wahr, etwas, das stört. Erst beim Näherkommen entdeckt sie die eingeschlagene Seitenscheibe, auf dem Beifahrersitz Scherben und ein Stein.

So etwas kommt vor in dieser Gegend, dennoch macht es sie traurig und wütend.

Genauso, wie es sie traurig und wütend macht, im Treppenhaus ohne langes Suchen einen Halbstarken ausfindig machen zu können, der die Tür zu ihrer eigenen Wohnung mit einer Scheckkarte aufsperrt: Einbruch auf Verlangen, nachdem sie zu allem Überfluss hat feststellen müssen, dass der Schlüssel von innen steckt.

Hast du kleine Ratte auch meine Scheibe eingeworfen?, will sie ihn fragen. Gehst du hier überall ein und aus, verscherbelst du vielleicht geklaute Eheringe?

Geht am Ende jeder kriminelle Trottel bei ihr ein und aus?

Vielleicht ist alles so einfach – und sie eben doch nicht ganz dicht im Kopf, eine durchgeknallte Witwe auf Knastentzug, unfähig zu trauern.

Unsinn! Lua greift sich mit beiden Händen ins kurze, glatte Haar.

Das eine hat mit dem anderen nichts zu tun.

Sie.

Ist.

Nicht.

Verrückt.

David hat mal zu ihr gesagt: Du hast eine andere Art, Dinge wahrzunehmen.

Mag schon sein. Es macht sie jedoch nicht unwahr, die Dinge.

Lua ist erschöpft, ihr fehlt jede Kraft, zur Arbeit zu gehen, sie hat heute leider kein Lächeln auf Lager, überhaupt keine Mimik, genau genommen. Die Wut ist weg, die Traurigkeit geblieben. Dazu passt es, dass der Morgen nicht heller werden will, im Gegenteil, jetzt sind die Regenwolken über der Stadt angekommen, das Licht nimmt ab.

Als sie zum Handy greift, um den Marktleiter anzurufen, fällt ihr aus dem Stegreif Davids Mobilnummer wieder ein.

Lua wählt. Kälte und Dunkelheit, aufgestiegen aus einem durstigen Fluss und einem leeren Grab.

Man müsste sich selbst den Schädel einschlagen können. Den Stein aus dem Auto hat Lua sogar mitgenommen, er ist nicht groß, aber ebenso scharfkantig wie vorhin das erste Tagesblau: Harzer Granit.

20

Windeln, Deo, Feuchttücher. Butterkekse und grüner Tee. Lippenstift, rosé, braune Wimperntusche – der Reigen der Dinge, sonst von einem Tag zum anderen nur um Nuancen variierend, kommt jäh aus dem Takt, als sich auf dem Kassenband ein Damenslip dem Scanner nähert. Keiner von der Sorte, die sie, meist im Dreierpack, im Sortiment führen, die sind weiß oder schwarz und schlicht, während dieser hier in hellem Blau mit Spitze Luas ungeteilte Aufmerksamkeit einfordert. Die er auch prompt erhält, zum einen, weil er getragen ist, wie sie augenblicklich weiß, obwohl man es dem Stoff nicht unbedingt ansieht, zum anderen, weil er mit Bitterschokolade und Pfefferminzdrops daherkommt – und ihr gehört.

Otte!

Lua findet das alles andere als witzig, zumal das Geschäft rammelvoll ist, Feierabendansturm, zwei Kassen in Hochbetrieb, an beiden eine Schlange.

Nach Ottes Abgang in der Früh hätte sie nie erwartet, dass er wiederkommt.

Eine Einschätzung, die sich als richtig erweist – denn er ist es nicht.

Als Lua endlich wagt, den Blick zu heben, schaut sie direkt in Nadjas Rabenaugen. Wird aufgespießt, geteert, gefedert und verbrannt. Lava, glutheiß zu Kälte erstarrt. So konnte sonst nur David gucken.

Was soll Lua ihr sagen?

Sag nichts, lautet Nadjas stiller Befehl, den Lua widerstandslos befolgt.

Ist Otte so blöd oder seine Frau so gerissen?

Benommen scannt Lua die Schokolade und die Drops, greift sich den Slip und steckt ihn in ihre Hosentasche. Weiter hinten in der Schlange wird erst geflüstert, dann gekichert.

»Und?«, fragt Nadja.

»Es tut mir so leid.«

»Was macht das?«

»Nadja, ich –«

Warnend schüttelt Heiko Ottes Frau den Kopf. Bezahlt und stolziert leicht humpelnd wie eine waidwunde Königin von dannen.

»Ich bin ein sehr geduldiger Mensch. Ich weiß, es gibt Mitarbeiter in diesem Hause, die mich sogar für gutmütig halten.« Fast träumerisch schaut der Marktleiter an Lua vorbei, fixiert einen Punkt an der Wand, während er in irgendwelchen Papieren blättert. Denen er indes noch weniger Beachtung schenkt als ihr.

Lua hingegen riskiert einen Blick: Personalunterlagen, sie betreffend. Auf der ersten Seite klebt das Bewerbungsfoto, das in der JVA entstanden ist. Sie als Häftling (was nicht zu sehen sein sollte), unfassbar blass.

»Aber auch Geduldsfäden, Frau Baron, können reißen.«

Alles kann reißen, reine Physik. Je elastischer, desto lauter der Knall.

»Sie können sich denken, warum ich Sie zu mir gebeten habe?«

Schweigen.

Macht ihm das hier mehr oder weniger Spaß, wenn sie sich jede Reaktion untersagt? Wird er sie wegen des läppischen Fehltags direkt feuern oder bloß verwarnen?

»Sie wissen, dass Sie noch in der Probezeit sind?« Seine Stimme ist diskret und fordernd.

Lua faltet die Hände im Schoß.

Er beugt sich vor.

»Ich habe mich in der Konzernzentrale für Sie eingesetzt, aber ...«

Wie war das mit dem Geduldsfaden? Sollte er sich weiter so viel Zeit lassen, wird der frisch rasiert angetretene Markleiter diese Unterhaltung mit einem Vollbart beenden.

»Entlassen Sie mich?«

»Ich will überhaupt nicht über die Sache mit dem verschwundenen Geld reden, damit hatten Sie ja wohl nichts zu tun. Und es geht hier auch nicht in erster Linie darum, dass Sie unentschuldigt gefehlt haben, obwohl ich nicht begreife, warum Sie nicht wenigstens anrufen konnten. Frau Baron, Ihr gesamtes Arbeitsverhalten lässt leider zu wünschen übrig. Es gibt Kunden, die sich über Sie beschweren. Es gibt Unregelmäßigkeiten bei Kartenzahlungen in Ihrem Verantwortungsbereich. Es gibt Kolleginnen, die gesehen haben wollen, dass sie Ihre Mittagspausen draußen auf dem Schaukelpferd verbringen.«

»Eine Pause. Nur eine.«

»Das stimmt also?« Er massiert sich die Schläfen. »Was haben Sie sich denn bloß dabei gedacht? Das Ding ist für die Kinder der Kunden bestimmt, nicht um die infantilen Bedürfnisse unserer Mitarbeiter zu befriedigen!«

»Ich habe keine Münze eingeworfen. Ich habe lediglich ganz still dort gesessen.«

Was für ein absurder Dialog, man könnte konstatieren: Jetzt gehen endgültig die Pferde mit Lua durch.

Zum ersten Mal, seit sie sein Büro betreten hat, blickt der Marktleiter Lua ins Gesicht. Sie erkennt Bedauern, muss ihre Einschätzung ihn betreffend korrigieren: Er leidet. Ihretwegen. Mit ihr.

Folglich macht es dem Marktleiter überhaupt keinen Spaß, sie zu feuern, er windet sich, dennoch fällt ihm keine bessere Lösung ein. Und dann ist da ja noch die Konzernzentrale, also Gott. Wieder sein Blick in die Personalakte, der Griff an die Schläfen. Sie ist fällig.

Ihrem Gegenüber und sich selbst zuliebe beschließt Lua, die Sache abzukürzen. Bevor hier wirklich noch etwas reißt und knallt.

»Sie wollen mich entlassen.« Erstaunlich, wie sehr es sie mitnimmt.

»Bedauerlicherweise«, sagt der Markleiter.

»Ich werde es überleben.«

Natürlich ist Johanna der Meinung, sie dürfe sich die Kündigung keinesfalls gefallen lassen, sie wäre keine Heilige, hätte ihren Platz als aktuelle Nummer eins auf der Liste der Lua-Beschützerinnen zu Unrecht, würde sie nicht sogleich das Büro des Marktleiters stürmen, um ihm »den Kopf zu waschen«, wie sie es nennt. Johanna liebt Redewendungen. Ihre Sprache erinnert Lua an die breite Palette der Produkte, die zur Hausmarke der Drogeriekette gehören. Funktional und griffig.

Dass Johannas Bemühen erfolglos bleibt, schmälert Luas Dankbarkeit nicht.

Dankbar ist sie auch für den Entschluss der Kollegin, sich für den Rest der Schicht krankzumelden, damit sie den »Saftladen«

gemeinsam verlassen können, eine Solidaritätsbekundung nicht ohne Risiko.

Sie haken sich unter. Marschieren, nun ihrerseits so königinnenhaft wie unter den gegebenen Umständen möglich, zur Tür hinaus, vorbei an der belämmerten Restbelegschaft, unter ihnen eine Denunziantin, die zu finden sich Johanna nicht nehmen lassen wird, vorbei am pinkfarbenen Kiddy-Ride-Plastikpferd (ganz sicher kein Kollegenschwein), über den heute herrlich gespensterfreien Parkplatz und weiter in Richtung Straßenbahn. Nicht um in den nächstbesten Waggon zu steigen, weit gefehlt! Gleich neben der Haltestelle gibt es eine auf amerikanisch getrimmte Bar, wo sie einen passablen Wodka Lemon servieren, wie Johanna und sie bereits vor Wochen festgestellt haben.

Zu spät bemerkt Lua, dass Nadja, gefangen in ihrer eigenen Unglücksblase, am selben Ort Zuflucht im Alkohol gesucht hat. Ehe sie sich versieht, findet sie sich in der misslichen Lage wieder, ihre liebsten Listenmütter miteinander bekannt machen zu müssen.

»Johanna, das ist Nadja, eine gute alte Freundin. Nadja, Johanna, eine gute neue Freundin.«

Hände werden geschüttelt, Höflichkeiten ausgetauscht. Für Lua hat es nicht den Anschein, als fänden die beiden Frauen aneinander Gefallen, zumindest nicht auf den ersten Blick. So kritisch, wie sie sich gegenseitig in Augenschein nehmen. So unübersehbar Nadjas Naserümpfen angesichts der Buddy-Holly-Brille.

Dennoch sitzt man zusammen, drei Hühner auf der Stange.

Dennoch finden Johanna und Nadja im Gespräch sofort Anknüpfungspunkte: Kinder, Mutterschaft, außerdem Machotypen und miese Jobs. Anfangs macht Lua noch mit, doch insgeheim missfällt ihr, wie sie über den Marktleiter herziehen. Als wäre er der größte Mistkerl unter der Sonne, was er nicht ist! Für ihn, den Gutmütigen, Partei zu ergreifen, hieße jedoch eine Konfrontation mit Nadja zu riskieren. Dafür fehlt Lua der Mut. Und dann ist da ja noch das schlechte Gewissen, das sie plagt.

Natürlich weiß Nadja, was in ihr vorgeht.

»Ich verzeihe dir«, lallt sie Lua bei erstbester Gelegenheit ins Ohr, als Johanna nach dem dritten Wodka Lemon gerade wenig zielsicher die Toilette ansteuert.

»Danke.«

Immer wieder stoßen sie an.

»Aber wieso eigentlich mir?«

»Bitte?«

»Wieso bin ich diejenige, der verziehen werden muss? Was ist mit ihm? Er war auch an der Sache beteiligt. Um ehrlich zu sein: Er hat sogar den Anstoß gegeben.«

»Heiko?«

»Ja, Heiko. Der Vater deiner Kinder.«

»Ist auch nur ein Mann. Denk an David.«

David war treu! Luas innerer Aufschrei ist so laut, dass Nadja ihn hören muss.

»Glaubst du allen Ernstes, er ist nicht fremdgegangen?«, fragt sie prompt.

Lua stochert mit dem Strohhalm in ihrem Drink, beginnt bis drei zu zählen, kommt aber nur bis zwei, bevor Nadja weit ausholt, um ihr zu offenbaren, wie oft sie bereits mit David im Bett gewesen sei, sowohl in Teenagerjahren als auch kurz vor seinem Tod. Ihr genüsslicher Blick dabei.

Lua hört erst hin, dann weg und am Ende gegen ihren Willen doch wieder hin, Tränen in den Augen. Nadjas Geschichte könnte gelogen sein – ein Racheakt für die erfahrene Demütigung. Genauso gut aber könnte jedes Wort wahr sein, es würde erklären, warum sie Ottes Seitensprung so gelassen erträgt.

Lua jedenfalls schweigt und trinkt.

Wie so oft.

Wie es David einst in den Wahnsinn trieb.

Den Rest des Abends steigern sich Johanna und Nadja regelrecht hinein in eine Art Thelma-und-Louise-Rausch, in dem es darum geht, Männer im Allgemeinen und ihre eigenen Ehemänner im Besonderen herunterzuputzen. Es scheint ihnen Freude zu bereiten wie ein liebgewonnenes Hobby. Komischerweise wird Lua dabei das Gefühl nicht los, dass die beiden miteinander konkurrieren. Um sie!

Als die Abrechnung unaufhaltsam auf ihren Höhepunkt zusteuert – Lua ahnt, gleich muss Davids Name fallen –, bricht sie eilig auf, um nicht am Ende noch in die Verlegenheit zu kommen, auf ihre fürchterliche Tat zu trinken.

Ein Prosit auf den Tod.

Dieser verdammte Schuss.

Ihr Glücklichen, die ihr nicht wisst, was es heißt, ein Leben auf dem Gewissen zu haben.

Johannas Umarmung vor der Bar ist lang und erdrückend. Ihr Wunsch, sich loszureißen, zeigt Lua zweierlei: Dass sie immer noch genauso einsam ist wie neulich an Davids Grab. Und dass sie fortan keine Beschützerinnen mehr braucht.

21

Siehe, ich bin mit dir:

Lua könnte es als Ironie auffassen, als Vorwurf sogar.

Als wäre er, der Ring (und damit auch David), nie weg gewesen, als hätte Lua in ihrer Verzweiflung nur nicht richtig hingeschaut.

Was sie für möglich hält!

War sie doch wirklich in einem fürchterlichen Zustand neulich, als sie den Pappkarton mit ihren persönlichen Gegenständen zum ersten Mal durchstöberte. Nicht ganz zurechnungsfähig. Anstelle des Marktleiters hätte sie sich bestimmt nicht angeheuert, da hätte schon der Blick auf das Foto gereicht. Ein derart blasses Wesen, dazu kriminell.

Und heute? Warum hat sie den Deckel heute erneut geöffnet, Instinkt?

Mehr Zurechnungsfähigkeit?

Egal. Alles ist so, wie es an jenem unheilvollen Abend bereits hätte sein sollen: kaltes, schweres Graugold mit einer schmalen Weißgoldfuge. Kälte, die wie Feuer brennt.

Weil Lua glaubte, dass es sie zerreißen würde, hatte sie sich fest vorgenommen, die Gravur zu ignorieren, das gelingt ihr jedoch nicht, im Gegenteil, sie liest sie wieder und wieder, streicht mit den Fingerspitzen darüber, liest sie sich selbst im Flüsterton vor, bis sie es endlich wagt, den Ring an den frisch vernarbten Finger zu stecken, wo er hingehört.

Siehe, ich bin mit dir.

Die Worte zerreißen sie nicht, sie setzen etwas in ihr wieder zusammen, denn es gibt nur eine richtige Art, sie zu verstehen, und zwar so, wie sie gemeint waren, als David und sie sich ihrer annahmen:

Als Liebeserklärung.

Als Trost für Momente, in denen Einsamkeit spürbar wird.

»Was hast du gerade gesagt?« Johanna, das Flohmarkt-Geschirr aus der Küche in den Händen, stört. In letzter Zeit stört sie Lua oft.

»Nichts.«

Luas Hand glüht.

Der Ring, sein matter Glanz. Eine innere Kraft, ein dezentes Wissen um die eigene Stärke und Schönheit: Graugold.

Sie möchte heulen vor Freude.

»Wir müssen bald fahren.«

»Ich weiß.«

»Dann sieh lieber zu, dass du den Schrank leerbekommst.«

Umzug, harzwärts: Der Schrank kann bleiben, wo er ist, Tisch, Stühle und die Bettcouch ebenso, dem Nachmieter gefiel die Wohnung, wie er sie sah, er machte sogar ohne Murren zweihundert Euro in bar als Abstand für die furchtbaren Möbel locker. Fünfzig mehr, als Lua bezahlt hat.

Was sie vermissen wird: den Balkon, sonst nichts. Die Wohnung war ein Sarg, und sie nicht tot genug, um darin zu Graugoldstaub zu zerfallen.

Die Umzugskisten aus Hamburg kommen mit. Torsten schleppt eine nach der anderen für Lua nach unten auf die Straße, wo er sie in ihren Lada verlädt. Als er hörte, dass sie fortzieht, bot er sofort seine und Johannas Hilfe an. Best Daddy. Best Arschloch.

Johanna beginnt, Geschirr in Zeitungspapier zu wickeln. Die billigen Gläser, aus denen Lua mit Otte Wein getrunken hat.

»Lass die am besten auch hier.«

»Sag das doch gleich. Du könntest überhaupt mal ein wenig mithelfen.«

Lua blättert im Moleskine: die erste Jahreshälfte sporadisch mit Notizen versehen, die zweite unberührt.

Sie legt ihre neue Billig-Uhr ab, stellt die alte (im doppelten Sinne zeitlos, ein Geschenk von Mattis zum Abitur) auf zwanzig vor zwei, dreht dann, um sie aufzuziehen, die Krone bis zum Widerstand.

Wie bereitwillig die Mechanik ihren Dienst wieder aufnimmt, drei filigrane blaue Zeiger, der Sekundenzeiger in seinem eigenen Rund. Wie freundlich sich das Wildleder an ihren Arm schmiegt.

Um zwei ist Schlüsselübergabe.

»Was machst du da eigentlich die ganze Zeit, Lua?«

»Ich habe ein paar Dinge wiedergefunden, die ich verloren hatte.«

Unten im Treppenhausflur, Torsten ist schon vorgegangen, nehmen sie voneinander Abschied. Für lange Zeit – vielleicht sogar für immer, wenn es nach Lua geht. Sie hat das Gefühl, nicht weiterzukommen, solange sie so eng befreundet sind.

Johanna scheint das zu spüren. »Du weißt es, oder?«, fragt sie unvermittelt.

»Was weiß ich?«

»Dass ich das Geld aus der Kasse genommen habe. Natürlich hatte ich mir gedacht, dass sie dich verdächtigen würden – das kam mir gerade recht, zugegeben. Ich kannte dich ja noch nicht, ich wusste nur, dass du vorbestraft bist. Hinterher tat es mir furchtbar leid.«

Lua starrt Johanna an, starrt auf die Batterie der Briefkästen, auf die Altpapierstapel darunter. Gratiszeitungen, Werbeflyer.

Sie hatte keine Ahnung. Ach, Johanna, von wegen heilig – alles bloß Scham, die ganze Beschützerinnen-Nummer? Lua glaubt, ja, glaubt es sogar gern. Umso leichter fällt es ihr, einen Schlussstrich zu ziehen.

»Ich denke, es ist besser, wenn wir uns nicht mehr sehen.«

»Ich habe alles in Ordnung gebracht, Lua. Es tut mir so leid.«

»Vergiss es einfach. Kümmere dich um deinen Torsten. Der braucht dich.«

»Und du?«

»Ich komme allein klar.«

22

KFZ Teubel sieht nach Fortschritt aus. Schiefergraue Werkstattwände, glatt, wetterbeständig. Orangerotes Rolltor, derselbe pralle Farbton lässt auch die stolzen Buchstaben über dem Eingang erstrahlen: »Meisterbetrieb«. Alles picobello, wie Fichte sagen würde. Genau wie das Asphaltwunder.

Lua erinnert sich: Früher starb hier eine stillgelegte Tankstelle einen ebenso langsamen wie anmutigen Tod, unterwarfen die Gräser, Hölzer und Moose den versiegelten Boden Stück für Stück wieder den Spielregeln der Natur. So viel Hartnäckigkeit, um dann einen derart herben Rückschlag erleiden zu müssen – ein Jammer. Die Stichstraße nebenan (nicht asphaltiert!) führte, führt wahrscheinlich noch immer zum Landsitz der Familie Otte.

Zwei Säulen am Eingang, Marmortreppe. Drinnen gemütlich.

Bei Luas Eintreffen wischt sich Gunnar die sichtbar sauberen Hände an einer ebenso sauberen Latzhose ab: Camouflage in Grautönen, orangerot abgesetzte Nähte – man kann es auch übertreiben.

Der Kfz-Meister, obschon erkennbar unterfordert, wirkt alles andere als begeistert, Kundschaft auf seinem Gelände zu erblicken, das darf sie wohl persönlich nehmen: nicht die schon wieder!

Niemand will sie hier.

Und doch ist sie wieder da, schwankt nicht, schnorchelt nicht, im Gegenteil: Sie tritt entschieden auf.

Wo, außer in der Ehe, wurde sie jemals mit offenen Armen empfangen?

»Wie ist das denn passiert?« Das demolierte Lada-Fenster weckt Gunnars professionelles Interesse nun doch.

»Randale.«

»Ärgerlich. Das zahlt dir keine Versicherung.«

»Ich weiß. Was, denkst du, wird die Reparatur denn kosten?«

Schweigen.

»So in etwa.«

»Könnte teuer werden.«

»Nenn mir einfach deinen Preis.«

»Fünfhundert Euro.«

Anscheinend eine Standardsumme im Teubel'schen Leistungskatalog. Diesmal ist Lua vorbereitet und zum Feilschen aufgelegt. »Im Internet bekommst du so eine Scheibe gebraucht schon für rund fünfzig Euro.«

»Dann bestell sie dir im Internet. Da, wo du wohnst, findest du bestimmt eine Werkstatt, die dir das Teil einbaut. Ich mache es nicht.«

Wie bitte? Wegen Reichtum geschlossen, oder wie soll sie das verstehen?

»Ich wohne hier«, sagt Lua.

»Das ist neu!«

»Ja, das ist es. Ich bin ganz nach Rabenstein gezogen.«

Betroffenes Schweigen. Der blaue Sekundenzeiger an ihrem Handgelenk dreht zwei volle Runden.

»Ich dachte, du wolltest verkaufen.«

Lua kann es nicht mehr hören. »Ja, das wollte ich. Aber inzwischen hat sich meine berufliche Situation verändert, daher habe ich beschlossen, mich fürs Erste hier niederzulassen. Ohne dich oder Otte oder sonst irgendwen aus eurem Raben-Klüngel um Erlaubnis zu fragen, stell dir vor.«

»Und wovon willst du leben? Du kriegst hier im Dorf keinen Job, Lua. Ich dachte, das hast du inzwischen kapiert.« Er verschränkt die Arme vor der Brust. »Glaub mir.«

Glaubt sie. Nach ihren Erfahrungen in der hiesigen Gastronomie gibt es keinen Anlass zum Optimismus. Doch der Harz ist groß, und bald beginnt die Hauptsaison. Überall werden Leute gesucht. Will sie Arbeit, muss sie eben das Kalte Tal verlassen, irgendwohin pendeln, wo keiner sie kennt. Da wäre es von Vorteil, wenn der Lada anstelle einer laienhaft verklebten Plastikplane ein Seitenfenster hätte. Zumal für die nächsten Tage und sogar Wochen alle erdenklichen Variationen von Niederschlag vorhergesagt sind.

»Ich lasse mich von dir nicht abwimmeln. Ich will, dass du mein Auto reparierst. Das ist hier ist doch eine Werkstatt, oder sieht es nur so aus? Ist mir egal, was es kostet.«

Sie fingert die zweihundert Euro aus dem Möbelverkauf aus der Brieftasche und klemmt sie unter den Scheibenwischer. »Reicht das als Anzahlung?«

Keine Antwort, also ja.

»Schlüssel steckt, Papiere sind im Handschuhfach.«

Lua geht. Kein Steinchen knirscht unter ihren Füßen, so sauber gefegt ist der Hof. Wo gehobelt wird, fallen Späne, wo keine Späne fallen ... Sie bezweifelt, dass KFZ Teubel genug Kunden hat, um ausreichend Gewinn einzufahren, reich wird Gunni hier ganz sicher nicht. Der Lockruf der beiden Hunderter jedenfalls erfüllt seinen Zweck: Der Indianer lässt Lua ohne weitere Ge-

genwehr ziehen, und der Lada bleibt, wo er ist, eine Art passiver Handschlag. Lua jedenfalls betrachtet den Vertrag als zustande gekommen.

Trampen oder eine stramme Wanderung, das sind Luas Alternativen für den Rückweg zur Jagdhütte. Ihre Angst: Stundenlang an der Straße stehen zu müssen wie eine Idiotin, während ein vage bekanntes Gesicht nach dem anderen vorbeigleitet. Sie stellt sich vor, wie sie erst das Tempo drosseln, sie anstarren, um dann direkt auf ihrer Höhe hektisch zu beschleunigen – nein, danke, darauf kann sie verzichten. Sie hat ihre Überdosis Ablehnung für diesen Tag bereits intus, ein schleichendes Gift, das gerade erst beginnt, seine volle Wirkung zu entfalten. In Form von sagenhaft schlechter Laune.

Also zu Fuß weiter, hoffen, es vor dem Regen zu schaffen, eine Herausforderung, denn am Himmel braut sich Gewaltiges zusammen, dunkel rollende Wolkenmassen, so kompakt, als wären sie imstande, die Kämme der Hügel einfach niederzumähen. Sie muss sich beeilen, auch weil sie friert, der Temperatursturz in der vergangenen Woche hatte es in sich. Davon hat sie sich immer noch nicht erholt. Vor allem am Kopf ist es kalt, ohne die langen Haare, außerdem ist sie zu dünn angezogen und trägt kein festes Schuhwerk.

Lua überquert die Hochstraße, folgt ihren beschwipsten Kurven, bis eine Lücke in der Leitplanke ihr den Beginn des Fußpfads anzeigt, der sehr steil und sehr steinig hinab ins Tal führt. Habichte segeln auf Windböen, verschwinden in den Wolken und tauchen wieder auf. Neiderfüllt schaut Lua zu.

Tief unten, wo sie hinwill, wachsen Buchen, Erlen und Weiden dicht gedrängt, beharrlich fädelt der Fluss sein Silberband ins grüne Dickicht, brabbeln die Fluten vor sich hin. Mürrisch. Wie sie.

Was ist so schlimm an ihr? Höchste Zeit, sich diese Frage zu stellen.

Sie kann manipulierend sein, das liegt ihr anscheinend im Blut.

Als Teenager griff sie der Verachtung ihrer Mutter voraus, indem sie verachtenswürdige Dinge tat.

Und jetzt?

Sie und Otte.

Sie als gescheiterte Kassiererin.

All dessen schämt sich Lua, sieht sich aber durchaus in der Lage, Wanderern Harzer Windbeutel und Wildgulasch zu servieren.

In der Nähe kracht ein Gewehrschuss. Poröses Gestein löst sich und kullert talwärts.

Lua rutscht aus, fängt sich wieder. Winzige Insekten umschwirren ihren Kopf. Neben ihr ragt ein zersplitterter Stamm wie ein erhobener Zeigefinger empor.

Sie als Mörderin.

Das ist doch das eigentliche Problem, ein wirklich guter Grund, ihr eine Festanstellung zu verweigern, obwohl: Im Kalten Tal scheint man sie in dieser Angelegenheit nun mal eher als Opfer denn als Schuldige betrachten zu wollen. Woher dann also diese Entschlossenheit, sie zurückzuweisen? Kommt die von Herzen? Wohl kaum. Die Leute hier hassen sie doch gar nicht. Die tun bloß so.

Je länger Lua darüber nachdenkt, desto mehr hat sie den Eindruck, als spulten alle bloß ein Programm ab. Warum das so ist, weiß sie nicht, und es ist ihr auch egal. Sie ist es leid, sich einschüchtern zu lassen. Außerdem hat sie keinen anderen Ort, zu dem sie zurückkehren kann.

Nichts und niemand ruft nach ihr – außer die Kalten Kehlen.

Die allerdings mit zunehmend psychotischer Stimme, das muss sie schon sagen.

Im Talkessel ist das Licht wässrig, Lua schaut wie durch einen Tränenschleier. Auf Bäume, die vor ihr zurückweichen. Auf Büsche, die sich verneigen. Auf Schaumkronen, die Trauer tragen. Lua ahnt, warum, Abwehr flammt als Hitze in ihrem Herzen auf, umklammert als Paar eisiger Hände den Hals. Jeder Nerv ihres Körpers hellwach. Das hier ist die falsche Flussseite. Der Weg heim zur Jagdhütte gerät – das hätte sie besser vor dem Abstieg bedenken sollen – zur Rückkehr an den Tatort, führt sie, will sie nicht schwimmen, unweigerlich über die Brücke, auf der David sterben musste.

Ein Schuss, einer.

Vielleicht schlägt er zurück, trifft diesmal richtig.

Sie.

Grausam, dass die Bilder sie hier schon bedrängen, auf Höhe der Jungferninsel: David, wie er rückwärts ins Wasser fällt, sein rabenschwarzes Grinsen dabei. Hat er wirklich gegrinst? Es muss der Schmerz gewesen sein, der sein Gesicht verzerrte.

Das Echo einer ganzen Salve von Gewehrschüssen explodiert unter ihrer Schädeldecke, was Folter ist und ohne jede Logik. Dazu Hundegebell.

Vor drei Jahren auch?

Die Verwirrung ist komplett: Nur vor drei Jahren, nicht heute!

Lua sieht rüber zur Insel.

Genau dort an einem Strand aus Kies verbrachten sie ihre Hochzeitsnacht. Liebten sich damals, lieben sich noch immer. An gleicher Stelle fand man später sein Blut.

Hat David noch gelebt, als er hier an Land gespült wurde. Wusste er, wo er war?

Alle Zeugen stehen stumm, Felsen nicht mehr glatt, sondern neuerdings spröde wie verwitterte Knochen. Vom Strand keine Spur.

Als Lua ihren Weg fortsetzt, flussaufwärts direkt am Ufer entlang, stürzen die Wassermassen auf sie zu, scheinen sie zurückdrängen zu wollen.

Der Gedanke ertrinkt, ein neuer taucht nicht auf.

Auf der Brücke angekommen, ist der ganze Spuk schon wieder vorbei. Fest verwurzelt stehen die Bäume am Ufer, auch das Buschwerk zeigt keinerlei menschliche Regung, die Schaumkronen tragen Schaum, sonst nichts.

Keine Flashbacks. Als hätte ihr Gedächtnis sein Pulver vorzeitig verschossen, nein, anders, als hätte sie nie zuvor an diesem Ort gestanden.

Und genauso ist es auch, wie sie erkennt. Nie zuvor stand sie hier, zumindest nicht auf diesen Brettern! Die Brücke, eigentlich nur ein Steg für Wanderer und in ihrer Erinnerung tadellos, wurde komplett erneuert, und Lua fragt sich warum. Wozu dieser Erneuerungswahn? Was ist hier eigentlich geblieben, wie es war?

Der Regen, der nun zu fallen beginnt.

Wenigstens der.

23

Ihr Arm ist so dünn und zart. Wenn er noch fester zudrückt, wird er ihn brechen. Ein scharfer, rot glühender Schmerz.

Brich ihn, denkt Lua. Bitte tue es!

Otte, was Luas Innenleben betrifft mit einem erstaunlichen Gespür ausgestattet, lockert den Griff. Bloß keine Liebesdienste, denn das, was sie hier anstellen, hat mit Liebe nicht das Geringste gemein, das wissen sie beide. Um das zu kapieren, bräuchte es den äußeren Rahmen nicht: die Kabine einer Herrentoilette. Immerhin ist die Nasszelle des Rabeneck gut geputzt und frisch renoviert. Es riecht noch nach Fliesenmörtel.

Draußen rauscht der Regen jetzt sogar lauter als der Fluss. Saubere Fluten, saubere Klos, sudeliger Fünfminutenfick (wenn überhaupt), nicht animalisch, sondern zutiefst menschlich: der Wunsch, es zu treiben, um nicht mehr getrieben zu sein von, ja, wovon eigentlich? Was treibt Lua, was Otte vor sich her? Am Ende ein und dasselbe? Zumindest eben gerade, als er in ihr kam, fühlte es sich so an.

Die Tür wird geöffnet, Stimmengewirr aus der Gaststube, wo Nadja appetitlos in ihren Bratkartoffeln herumstochert. Oder schon gegangen ist.

Ein Mann hustet, pinkelt im Stehen, starker Strahl, volle Blase, eine gefühlte Ewigkeit plattert sein Urin in die Keramik. Aus unerfindlichen Gründen würde Lua wie schon eben beim Sex zu gern die blauen Zeiger befragen, wie lange genau, doch in ihrem engen Versteck hält Otte ihren Körper mit seinem in Schach, unmöglich, sich zu rühren.

Er presst ihr die Hand auf den Mund, scheint es allen Ernstes für möglich zu halten, dass sie den Mann am Urinal um Hilfe anfleht.

Die Kabinenrückwand kühl in ihrem Rücken. Ottes rauer Handballen. Wo der hinlangt, wächst auch kein Gras mehr: Nadja, die starke, schöne Nadja, hat neuerdings ein ziemlich hässliches Veilchen am Auge, Lua traute vorhin ihren Augen kaum, als sie es beim Reinkommen sah.

Warum schlägt Otte seine Frau, nicht Lua?

Warum schlägt Nadja nicht ihn?

Eigentlich wollte Lua sich nach dem Erfolg ihres Vorgehens in der Werkstatt bloß ein weiteres Mal um eine Stelle als Aushilfe bemühen, ihr schwebte ein lässiger Auftritt vor, einfach dummdreist Tische abräumen, schmutzige Teller in die Küche tragen, als sei es das Normalste von der Welt. Stattdessen räumte Otte sie ab. Schmutziger. Dummdreister.

Der Pisser ist endlich fertig, tropft ab und schlurft (ohne Händewaschen) davon, worauf Otte, Ekel im Gesicht, Lua freigibt. Beide ringen sie um Fassung und Luft.

»Das hat dir gefallen, ja?«

Hat es.

Es gefällt ihr noch immer.

Seine Augen werden schmal, bevor er ihr ins Gesicht schlägt, überraschend kommt es trotzdem.

»Das auch?«

Lua nickt.

»Warum?«

Da sie nicht reagiert, wiederholt er die Ohrfeige und die Frage. Seine Stimme klingt dünn im Vergleich zur Wucht der Schläge.

Ja – warum? Lua sollte sich schämen, denn erstmals interessiert sie die Antwort wirklich, und zwar brennend. Etwas in ihr macht Klick, ein Geräusch wie beim Entsichern von Davids verfluchtem Gewehr. Könnte gut sein, dass Onkel Mattis genau so etwas im Sinn hatte, als er sie aufforderte, endlich die richtigen Fragen zu stellen.

Warum? Ihr ist bewusst, dass Gewalt abscheulich ist, dass dieses seltsame Spiel, das sie miteinander spielten, einen Prozess der Selbstauflösung in Gang setzte, der sie und David systematisch zerstörte.

So wie er Otte und Nadja zerstören wird.

Ob Otte das ahnt? Anzunehmen, schließlich ist er kein Idiot. Obwohl es durchaus als idiotisch zu bezeichnen ist, was er als Nächstes mit ihr anstellt, eine durch und durch idiotische Verzweiflungstat, wie er jetzt die Hände um ihren Hals legt. Wieder hält sein Körper ihren gefangen, wieder spürt sie die Wand der Toilettenkabine im Rücken.

Mit den Daumen drückt er zu, Lua spürt seine deformierten Nägel, als er sie würgt, als wäre sie an allem schuld. Als wäre sie diejenige, die – ganz alte Leier – immer alles kaputtmacht. Die seine Ehe zerstört, dabei ist *er* neulich zu ihr gekommen, an die Kasse, in die Wohnung, *er* hat Chardonnay und Sushi besorgt, *er* hat ein Teelicht angezündet, sie hatte ihn nicht darum gebeten, auch nicht darum, dass er sich in ihrem Schlafzimmer und in ihren Armen so dermaßen nackig macht, ganz und gar. Noch immer versteht sie nicht, warum, erst recht nicht, nachdem er am Ende keine andere Botschaft für sie parat hatte als ein Bekenntnis zu seiner Frau.

Ich liebe Nadja.

Kennst du das, Liebe?

Ein säuerlicher Brei aus Magensekreten und unverdautem Essen steigt in Lua auf, eine Weile kämpft sie erfolgreich dagegen an, auch der Druckschmerz unter Ottes rauen Händen fordert Raum, wandert vom Kehlkopf über ihre Schläfen in die Augen und von dort in den Hinterkopf, kein rasender Schmerz, sondern einer, der pulsiert und sich mehr und mehr aufbläht.

Lua reißt sich zusammen. Wenn sie etwas beherrscht, dann ist es die Technik des Luftanhaltens. In Ottes übergroßen Augenhöhlen beobachtet sie sich selbst. Sieht sich die Kraft aufbringen, ihr Knie in seinen Unterleib zu rammen.

Ottes Umklammerung löst sich. Lua stürzt aus der Kabine, übergibt sich ins Waschbecken, bevor sie aus dem Lokal flieht.

Ja, und warum nun? Warum gefällt ihr dieser Mist?

Eigentlich ist es leicht, darauf zu kommen, erschreckend leicht. Lua braucht nur heimzugehen. Ihr Haus, Davids Seligkeit: leer. Das Ehebett: leer. Kein Anschluss unter Davids Nummer, die Leitung also ebenfalls: leer.

Oder?

Nein!

Lua, glutrote Wange, Hämatome am Arm, presst das Handy ans Ohr, um wie gewohnt zu lauschen – und hört etwas. Die Verbindungsleere ist plötzlich randvoll, zum Bersten übersättigt mit Zeit: Vergangenheit. Gegenwart. Zukunft.

Zukunft?

Wenn sie nicht endlich etwas dagegen unternimmt, gewiss. Dann wird sie nicht sterben, sondern lebendig begraben, kalt und leer noch Jahre, vielleicht Jahrzehnte so weitermachen.

Vergangenheit?

Ja! Das ist die eigentliche Sensation, die Erkenntnis: Die Leere, dieses große, schwarze Nichts, das Lua so quält, ist nicht erst nach Davids Tod entstanden. Nicht der Schuss hinterließ sie, sie war bereits lange vorher da, eigentlich immer schon, seit Lua denken kann. Die Leere kam und ging bei ihr ein und aus, ohne Warnung. Wenn sie traurig war. Wenn sie glücklich war. Sie ließ alles Lebendige in Lua gefrieren, ein eisiges Koma. Daher dieses Gefühl, die Luft anzuhalten – Angst, ganz profan. Nur beim Fliegen fühlte Lua sich sicher, weil ihr innerer Feind, die Leere, den Himmel nicht erreichte.

Und David?

War eifersüchtig, verständlicherweise, denn ihre Ehe konnte nun mal nicht in den Lüften stattfinden. Weshalb er begann, sie dafür zu hassen, dass auf Erden immer er es war, der sie aus der Umklammerung des Nichts befreien musste: mit Gewalt.

Gewalt, die sie anfangs sogar erregend fanden, weil sie sich lebendig fühlten, weil Schläge die Leere füllten, allerdings immer weniger, je häufiger sie zu diesem Mittel griffen. Sie hatten keine andere Wahl, als die Dosis zu erhöhen, bis das Ganze zu hässlich wurde und ihnen schließlich entglitt. Bis es zuletzt kein Spiel mehr war, sondern reine Mühsal.

Lua schreibt eine SMS an Otte:

andere ritzen. ich habe dafür scheißkerle wie dich. darum.
gruß und danke, dass du gefragt hast. lua

Nur dass David, anders als Otte, zuletzt kein Scheißkerl mehr sein wollte. Zu lange war er schwach gewesen, schwächer, als Lua hatte einsehen können, aber am Ende wollte er, dass sich zwischen ihnen etwas änderte. Er verlangte von ihr, den Dingen (ihrer Familie, sich) endlich auf den Grund zu gehen. Sein Wunsch: Sie möge, gern mit seiner Hilfe, in aller Ausführlichkeit zurückblicken und alsdann nur noch nach vorn. Mit ihm neu anfangen oder sich einen anderen Dummen suchen. Die Entscheidung, so David, liege ganz bei ihr.

Darum drehten sich in letzter Zeit sämtliche Auseinandersetzungen, auch die allerletzte.

Um alles, nicht bloß ums Kinderkriegen.

Mit der Erinnerung kehrt auch die Wut jenes Abends zu ihr zurück.

»Manchmal wünschte ich, du würdest einfach krepieren!«, sagte sie zu ihm.

Worauf er ihr – folgerichtig, provozierend – das Gewehr in die Hand drückte.

Wie konnte David, *ihr Mann*, so viel von ihr verlangen? Und so wenig von sich selbst.

24

Luas Wut reicht aus, um das Innere ihres Hauses, seiner Seligkeit, in ein Trümmermeer zu verwandeln. Ihre Kraft nicht. Als sie mit einem Brotmesser auf die Küchenarbeitsplatte einsticht, entstehen Kratzer. Als sie einen der Barhocker aus massiver Fichte ergreift, um ihn mehrmals auf den Tresen niederkrachen zu lassen wie einen Hammer auf den Amboss, nehmen ihre Schultern dabei den größten Schaden, die Arme erlahmen, bevor auch nur ein Hockerbein sich löst. Geschweige denn zerbricht.

Nichts zerbricht, nichts Massives jedenfalls, nur das Geschirr kriegt sie klein. Davids Becher zerspringt erst im dritten Anlauf. Um seine Anlage zu zerstören, muss Lua, weil Tritte außer Fußschmerzen nichts bewirken, Wasser aufkochen, das sie anschließend direkt aus dem elektrischen Wasserkocher über die Knöpfe und Regler schüttet, eine Serie von unfassbar alltäglichen und daher demütigenden Handgriffen, einer Zerstörungsorgie unwürdig. Ihrer Wut unwürdig.

Sie macht sich lächerlich, aber ihr ist nicht zum Lachen zumute. David würde lachen, wäre er hier. Wenigstens erstirbt anschließend mit einem lauten Zischen seine unerträglich melancholische Musik. Die irgendwelche bekifften weiblichen Fans anscheinend so dermaßen ins Herz trifft, dass sie sie dazu bringt, noch drei Jahre nach seinem Abgang ein leeres Grab mit Narzissensträußen zu schmücken. Die *ihn* eigentlich hätte heraufbeschwören sollen, weshalb Lua sie überhaupt eingeschaltet hat, doch sein Geist zieht es ja vor zu kneifen. Glänzt auch jetzt in der zerfließenden Stille noch durch Abwesenheit, während Lua bis zur Erschöpfung tritt und sticht und boxt.

Ihr Schatten im Feuerschein aus dem Kamin. Die Nacht vorm Haus ganz und gar aus Harzer Granit.

Lua verbrennt auch Davids Parka mit dem Bergwachtabzeichen, versucht es zumindest. Doch das Feuer erlischt zu früh. Unversehrt leuchtet das Edelweiß wie ein Phönix aus der Asche. Der Vorrat an Zündhölzern ist aufgebraucht.

Als wäre er Zunder, wirft sie den Ehering auf das letzte Glutnest, fischt ihn aber, erschrocken über sich selbst, sofort wieder heraus. Um sich die Finger zu verbrennen, genügt die Hitze noch.

»Warum tust du mir das an?«

Im Morgengrauen hört Lua sich schreien.

Der Wunsch, ihn umzubringen, kehrt zurück: David, *ihren Mann*. Ach, wäre er doch nur am Leben, sie würde es wieder tun!

Nach seiner Henkersmahlzeit, als sie die Weinflasche warf, hat er gelacht.

Die ging wenigstens direkt zu Bruch.

Mit einer Schusswaffe hätte sie mehr ausrichten können. Könnte es noch, wozu sitzt man an der Quelle? Worauf wartet sie denn? Immer noch der alte Mädchenrespekt vor dem Knall?

Lua, abgekämpft, weich in der Birne wie in den Knien, steht im Schuppen und bestaunt Davids Wildwest-Revolver. Komisch, dass den keiner konfisziert hat, genauso wenig wie den Genickfänger.

Davids Schwäche für Waffen: *Komm schon, Lua, das gefällt dir. Du willst dich doch auch gern mal stärker fühlen, als du bist.*

Hatte er recht?

Als ob das jetzt noch eine Rolle spielen würde!

Im Regen wandert Lua durch den Wald, steigt über Wurzeln und Felsen, fühlt sich stärker, als sie ist.

Es zischt in den Blättern, raschelt im Unterholz. Ein dunkler Tag in mystischem Gewand: Obwohl tiefe Wolkenschichten die Sonne verdecken, erstrahlen die Bäume in einem irisierenden Grün.

Ein bisschen Seligkeit.

Ist nie genug.

Lua zieht die Möglichkeit in Betracht, ein Tier zu töten, um es zu essen. Probehalber zielt sie auf den Stamm einer jungen Birke etwa zehn Meter entfernt, ist gebannt, als eine unsichtbare Verbindung entsteht. Sie spannt den Hahn, drückt ab, ohne den Atem anzuhalten – und trifft. Holzsplitter fliegen ihr entgegen, der Nachhall des ohrenbetäubenden Krachens an ihrem Ohr rollt durch die Schlucht.

Lua lässt den Revolver sinken.

Komm schon, Lua, das gefällt dir!

Eine Amsel ist aufgeflattert. Ihre hektischen Flügelschläge, ihr Schimpfen. Golden und duftend tritt Harz aus der Baumwunde aus. Die erlegte Ricke, deren Herz Lua einst in den Händen hielt, roch weniger gut: Blut, Tierschweiß, Scheiße.

Und David? Starb geruchlos, da ist sie sich plötzlich ganz sicher. Es ist wie ein Fehler in einem Klatschreim. Lua spürt einen Druck auf der Brust.

Auf einer Lichtung legt sie den Kopf in den Nacken, die Regentropfen wie Nadelstiche auf ihrem Gesicht. Erst Nadelstiche, dann Kiesel, als der Regen in Hagel übergeht. Es ist kalt wie im Winter.

Lua schießt in die Luft – wieder ein Treffer!

Nichts leichter als das.

Und dennoch: Die Luft, so wenig davon auch in Luas Lungen dringen mag, weigert sich hartnäckig zu sterben.

Besuch.

Johanna Zaborski, weder nett noch heilig, ist (gleich nach Norgard) der vorletzte Mensch, dem Lua im Augenblick begegnen will. Eigentlich will sie niemandem begegnen, doch wie es so ist mit ungebetenen Gästen. Sie kommen immer dann, wenn man sie am wenigsten braucht. Lua sieht sie schon von Weitem. Den glatt geföhnten Bob, die lustige Brille.

»Was machst du denn hier?«

Johanna lächelt entschuldigend. Als Lua näher kommt, nimmt ihr Lächeln allerdings groteske Ausmaße an, ein Gesichtsausdruck, der ihr vermutlich peinlich wäre, könnte sie ihn selbst sehen.

»Was hast du da?«

Lua schaut an sich hinunter, erblickt den Revolverschaft, der aus der Tasche ihrer durchnässten Jacke hervorlugt. »Keine Angst, die ist nicht mehr geladen.«

»Nicht mehr?«

»Ich habe ein bisschen rumgeballert. Und du?«

»Ich wollte dich besuchen.«

Lua, die zertrümmerte Inneneinrichtung der Hütte vor Augen, schüttelt den Kopf. »Ganz schlechter Zeitpunkt. Außerdem hatten wir doch –«

»Ich weiß, ich weiß, du willst allein sein, aber vielleicht *denkst* du auch nur, dass du allein sein willst, und in Wirklichkeit könnte es doch sein, dass du, wie soll ich sagen?«

Johanna atmet durch.

»Lua, ich glaube, du brauchst Hilfe.«

Das könnte stimmen.

Das Vergnügen, sich stärker zu fühlen, als sie ist, schwindet dahin.

Es ist zu spät, sich helfen zu lassen, schon gar nicht von einer wie Johanna, die so offensichtlich an ihren eigenen Problemen zu zerbrechen droht, von denen sie sich hier und jetzt bloß ablenken will. Ihren Schulden. Ihrer faden Best-Daddy-Ehe. Der Launenhaftigkeit und Langeweile des Lebens an sich.

Der großen Leere eben.

Lua starrt Johanna an und begreift, was sie eint. Begreift, dass Johanna (wie zuvor wahrscheinlich auch Nadja) in ihre Geschichte eingestiegen ist wie in einen Kinofilm oder in ein spannendes Buch. Um sich selbst wieder mehr zu spüren, will sie Teil der Handlung werden, doch das würde sie kaum voranbringen und Lua auch nicht.

Sie berührt ihren Ring und drückt dann, ohne nachzudenken, ganz kurz Johannas Hand. »Danke, dass du gekommen bist, aber du kannst mir nicht helfen. Genauso wenig wie ich dir, und ich glaube, das weißt du auch. Wenn ich du wäre, würde ich mich lieber um meine Familie kümmern.«

Sie sollte sich an jemanden wenden, der ohne Leere ist. Jemanden wie Mattis vielleicht.

Aber wie kann Lua ihr das klarmachen?

»Ich bringe den Leuten kein Glück, Johanna«, sagt sie.

»Aber ich doch auch nicht.«

Irgendwann gibt Johanna auf. Der Kinofilm ist zu Ende, das Licht geht an – und schon weiß sie selbst nicht mehr, warum sie sich beim Zuschauen so sehr hat gehen lassen, es ist ihr fast ein bisschen peinlich. Am Ende wirkt sie sogar froh, von Lua wegzukommen, vielleicht wegen des Revolvers.

Als sie in ihrem Wagen entschwindet (eine billige blaue Blechkiste mit kaputtem Rücklicht links), sucht Lua Trost bei der Waffe. Kalt schimmerndes Schwarz, warmes Holz. Nichts Tröstliches daran.

Für einen Moment macht sich Lua Sorgen um Johanna, ohne zu wissen, warum. Sie hat einfach ein schlechtes Gefühl.

25

Nebel kommt auf und wird vom Bergwind verweht. In seinem Sog ein Helikopter. Mühelos steht er in der Luft, als hätte sie Balken, er schlägt einen Haken, steht erneut. Lua starrt in den Himmel. Zerfetztes Gewölk, Tupfer von Blau, mittendrin eine warme Sonne aus Gold.

Ihr Unbehagen nimmt zu. Lua wünschte, sie würde endlich verstehen, was vor sich geht. Sie wünschte, sie wüsste, wovor sie sich eigentlich fürchtet.

Ihre Furcht ist jedenfalls so groß, dass sie den Westernrevolver überallhin mitnimmt, zum Ausruhen ins Bett, aufs Klo, in den Schuppen, wo sie neue Kugeln in die Trommel gleiten lässt, wo plötzlich wieder der Lada steht, als wäre er nie fort gewesen und nie kaputt.

Überall im Haus Scherben. Kein David, der sie davor warnt. Natürlich tritt Lua rein.

Sie ernährt sich von trockenem Brot, trinkt Wasser aus dem Fluss, weil es sauberer aussieht und schmeckt als das aus der Leitung. In der Ferne bellen Fichtes Bluthunde quietschmunter. Auf halber Strecke zur Jagdhütte liegt ein Hase mausetot im Gras. Seine Zähne leuchten. Die Ohren eine klaffende Wunde. Mit einem Ruck bleibt Lua stehen, lässt die Folter auf sich einwirken.

Als ihr Handy klingelt, ist Torsten dran, die Stimme hört sich rauer an als sonst. Seine Frau sei überfällig, ob sie etwas wisse? Sie sei eine furchtbar schlechte Fahrerin. Lua, die das bei anderer Gelegenheit auch schon hat feststellen müssen, zuckt mit den Schultern, ein Patt zu vieler, zu großer Gefühle legt sie lahm. Sie schaut auf die Uhr. Die blauen Zeiger sind in Bewegung, verweigern aber jegliche Auskunft.

Torsten: »Alles meine Schuld.«

Sekunden später: »Alles deine.«

Lua weiß, dass er recht hat, wenn auch auf eine andere Art, als er glaubt, und legt auf, weil Entschuldigungen nichts bringen.

Der Helikopter, der fort war, ist zurück, schwebt direkt über ihre Wiese hinweg ins Abendrot. Lua sieht weiße Lettern auf alarmrotem Grund: Luftrettung.

Johanna, denkt sie und schlägt die Hand vor den Mund. Obwohl sie immer noch wütend auf ihn ist, tut Torsten ihr leid. So verzweifelt hat er geklungen.

Lua fällt ins Bett und schläft die Nacht durch. Morgens klebt sie ein Pflaster auf ihre blutige Ferse, schmiert Salbe auf die Brandblase am Finger und sieht wirre Zusammenhänge überall: Scherbenberge, Harzberge. Die Luftrettung, der Hass ihrer Mutter, der Hass von Best-Daddy-Torsten, der tote Hase. Das Verschwinden und Wiederauftauchen des Eherings, ein leeres Grab, David als Geist.

Der sich prompt zeigt. Das heißt, eigentlich zeigt er sich nicht, aber Lua am Fenster entdeckt ihn dennoch, erkennt sogar seine Müdigkeit, als er sich flussabwärts in dichtem Gestrüpp verbirgt.

Sein Parka: Dort umschlottert er Davids mageren Schultern, gleichzeitig schwelen die Stoffreste verbrannt im Kamin – Edelweiß, wie geht das bloß? Wird sie verrückt?

Lua reibt sich die Augen. Ihr Mann sieht durstig aus, so durstig, wie sie sich fühlt. Wütend überhaupt nicht.

Deshalb und auch sonst hätte sie nie damit gerechnet, dass er, der Tote, irdische Munition auf sie abfeuern würde, doch es fallen drei Schüsse, die eindeutig der Realität und nicht ihrer Phantasie geschuldet sind.

Lua duckt sich, die Scheibe zerspringt. Noch mehr Scherben. Wieder hallt Hundegebell durch das Kalte Tal. Als sie selbst die Waffe abfeuerte, waren die Biester mucksmäuschenstill, ganz sicher. Ein weiterer Zusammenhang? Und wenn ja, womit, was ist das fehlende Glied?

Der Fluss tobt. Durch das Rauschen hindurch glaubt Lua Mattis' Stimme zu hören, sie vermischt sich mit der ihres Mannes: *Stell um Gottes willen die richtigen Fragen. Fang jetzt damit an!*

Jetzt?

Wann sonst?

Zu verlieren hat sie ja nun wirklich nichts mehr.

Als Lua entschlossen in Richtung Lada marschiert, bleibt ihr Fuß in einer Mulde hängen. Sie fällt hin, stützt sich zu spät ab und landet mit dem Gesicht im Moos, als nochmals in der Nähe ein Schuss kracht. Dicht neben ihrem Kopf explodiert Gras, spritzt Erde hoch in die Luft. In ihrem Mund ein Geschmack wie rostige Nägel.

Dann erschieß mich doch, denkt sie und rappelt sich hoch. Noch im Auto, während sie den Lada auf die Schotterpiste zusteuert, rechnet sie mit einem tödlichen Treffer, macht ihren Frieden damit, eine leichte Übung. Irgendwie muss es ja enden. Dann eben, bevor sie die richtigen Antworten kennt. Falls es die überhaupt gibt.

Doch so leicht kommt Lua nicht davon. Am Ende hält nicht der Tod, sondern Julius Fichte sie auf, und der macht nicht den Anschein, als könne er ihr auch nur im Ansatz gefährlich werden, wie er ihr da auf einem museumsreifen Fahrrad entgegenstrampelt. Hektisches Winken, besorgter Blick.

Lua stoppt an seiner Seite und kurbelt das Fenster hinunter.

»Was ist denn da los bei dir?«, fragt er.

»Wieso?«

»Da waren Schüsse.«

»Jäger«, sagt sie mit einem Schulterzucken und will weiterfahren, doch der Nachbar packt sie am Arm.

»Lua!«

Sie befreit sich.

»Was?«

»Hast du es schon gehört?«

»Was gehört?«

»Von dem Unglück.«

»Ach so, ja. Ich habe die Luftrettung gesehen.«

»Da war nichts mehr zu retten, leider. Die Frau, die verunglückt ist, war deine Freundin, mit der du immer am Wochenende hier warst, die mit der Brille. Sie ist tot. Ihr Wagen stürzte in den Fluss. Keine Chance.« Er zieht die Schiebermütze vom Kopf, senkt den Blick: Bergmann, alte Schule. »Tragisch!«

Lua schweigt.

»Noch was: Ich war gestern zu der Zeit auf der Hochstraße unterwegs. Ich könnte schwören, ich hätte da oben kurz vor dem Unfall deinen Lada gesehen.«

»Was?«

»Warst du dort?«

»Johanna war einfach eine sehr schlechte Fahrerin«, sagt Lua und gibt Gas.

Fichte soll nicht sehen, dass wie weint. Um Johanna, um David, um sich selbst.

Was war zuerst da? Der Hass ihrer Mutter oder das Unglück, das Lua unter den Menschen um sich herum verbreitet, ohne es zu wollen. Vielleicht hört es auf, wenn sie das Rätsel endlich löst.

26

Als Lua aus dem Wagen steigt, läuten die Glocken der Christ-König-Kirche genau wie bei ihrem Antrittsbesuch mit David. In Luas Jackentasche der Westernrevolver.

High-Noon-Sonnenschein, auch das ist wie damals. Wie der Himmel sich in makellosem Blau über den Stadtvillen spannt, dazu das blendende Weiß der Fassaden, Gründerzeit und Jugendstil. In den langgezogenen Vorgärten blühen dieselben Ziersträucher, Blüten wie Lutschbonbons. Alles Zucker. Sie könnte schwören, es ist sogar dieselbe Amsel, die singt.

Wie beeindruckt David war, als er all das zum ersten Mal erblickte: »Scheiße, ihr seid ja reich. Großkapitalisten. Hamburger Pfeffersäcke.«

Geldadel, alteingesessen, aber über die Jahrzehnte hinweg nicht immer liquide. Erst mit ihrer zweiten Heirat machte Norgard Köhler, geborene Greve, eine exorbitant gute Partie.

Obwohl er sich schnodderig gab, war David geradezu ehrfürchtig, seine Blicke bekamen etwas Bohrendes: *Du hast mich an der Nase herumgeführt.* Was nicht stimmte! Natürlich wusste er längst, wie ungern Lua nach Hause kam. Man hört, was man hören will. Dass ihm bis zuletzt offenbar eine andere, konventionellere Art Hölle vorschwebte – Straßen mit Sperrmüll gesäumt, Gartenpforten, die schief in den Angeln hängen, das Plärren von Flachbildfernsehern hinter zugigen Fenstern –, war sein Problem.

Nachdem er Luas Mutter und den Steuerberater kennengelernt hatte, umschwirrten David die Fragezeichen wie ein Insektenschwarm.

»Sind die immer so bemüht?«

»Nein. Aber dich scheinen sie zu mögen. Liebe auf den ersten Blick.«

»Ich fand sie auch sympathisch.«

Er war leicht zu blenden. So viel gediegene Schönheit, so viel guter Geschmack, so viel großbürgerliche Leichtigkeit – da wurde David, Kleinbürgerkind ehemals sozialistischer Eltern, westbutterweich und schmolz dahin. Neidvermeidungsstrategien. Lua hielt er fortan für verwöhnt, auch wenn er es nicht zugab. Fand, dass sie es mit ihrer Abwehrhaltung ein wenig übertrieb.

»Sympathisch«, hakte Lua nach. »Allen Ernstes?«

»Stört dich das? Sollte ich sie besser unsympathisch finden? Wäre das in deinem Sinne?«

»Finde, was du finden willst, David.«

»Und du?«

»Ich bin froh, wenn ihr euch gut versteht.«

Ein Teil von ihr freute sich wirklich, war bereit, einen Schlussstrich unter die Vergangenheit zu ziehen. Für Norgard galt augenscheinlich dasselbe. Sie hatten wohl alle Sehnsucht nach schönem Schein. Vorübergehend wurde es leichter, sich regelmäßig zu Hause blicken zu lassen. Ein einziger verfehlter Schuss in die Luft machte daraus ein Ding der Unmöglichkeit.

Hamburg, Luas Heimatstadt. Keine Berge weit und breit, doch die letzten Meter kommen ihr fremder und steiler vor als alle Wege im Kalten Tal zusammen. Jeder Schritt auf die Villa zu ist ein bleischwerer Akt der Selbstüberwindung, dazu kommt das Gewicht von Davids Arm auf ihrer Schulter (eine Art Phantomschmerz), als näherten sie sich wie einst bei jedem ihrer monatlichen Sonntagsbesuche demonstrativ engumschlungen.

Wie erwartet sind Haus und Garten picobello. Die Hecken wie mit dem Lineal gezogen, alle Buchsbäume zu perfekten Kugeln getrimmt, die Fensterläden im Erdgeschoss haben ihren Frühjahrsanstrich erhalten, ebenso die Fachwerkelemente unterm Giebel. Weiß, Grau, Elfenbein. Doch es gibt auch Veränderungen: Auf dem Schlafzimmerbalkon stehen jetzt statt Teakholz-Rattanmöbel, das Geländer wirkt neu geschmiedet, eine schlichtere Ausführung, der alte blaue Mini ihrer Mutter wurde durch ein aktuelles, höhergelegtes Modell in Rot ersetzt.

Luas Füße kribbeln, eine pochende Mahnung. Sie schnorchelt wieder: ganz unten, im Urschlamm. Natürlich muss sie dabei ständig die Luft anhalten. Natürlich wird ihr vom Sauerstoffmangel sofort schlecht.

Wie durch ein Wunder gelingt es ihr, nicht zusammenzubrechen und mit dem Hinterkopf gegen den Zaun zu knallen, stattdessen lehnt sie sich pragmatisch gegen den nächstbesten Baum, Kopf in der Armbeuge, wo sie sich schwallartig übergibt. Ihre Streichholzbeine wie ein Fremdkörper, obwohl sie Lua tapfer tragen. Das gelbliche Erbrochene zu ihren Füßen, Galle, Schleim, ein fast schon extravaganter Anblick in einer Straße wie dieser, die nicht mal zu Silvester Kotze zu sehen bekommt.

Alle Fenster in der Straße sind rechteckige Augen, die sie anstarren, in ihren Pupillen spiegelt sich die Leere, das Nichts.

Wenn niemand mit ihr sprechen will, wird Lua schießen. Wenn das, was zur Sprache kommt, sie nicht zufriedenstellt, möglicherweise auch.

Norgard öffnet selbst. Auf einen langen Blick folgt ein kurzes schrilles Lachen.

Das ist meine Mutter, denkt Lua und starrt in die hellblauen Augen der kleinen brünetten Frau, erkennt, wie in den Gehirnwindungen dahinter in denselben Sekundenbruchteilen die gleichen Schalter umgelegt werden: Das ist mein Kind.

Rein biologisch eine Unumstößlichkeit.

»Darf ich reinkommen?«

»Bitte.«

Immerhin sagt sie nicht mehr: »Schön, dass du wieder da bist.« Die alten Lügen haben endgültig ausgedient.

Luas Elternhaus: rätselhaft steile Pfade auch hier drinnen. Norgard ficht das nicht an, sie ist in der Form ihres Lebens. Barfuß in einem grauen, ärmellosen Yoga-Jumpsuit eilt, nein, schwebt sie voraus, während Lua sich quält, den Anschluss zu halten. Alles an ihrer Mutter ist straff und klar definiert: die Oberarmmuskeln, die Haltung, der Pferdeschwanz. Früher trug sie die Haare sehr kurz, nun haben sie also, ohne voneinander zu wissen, die Frisuren getauscht. Als Lua sich für *Frosty Praline* entschied, muss sie tatsächlich unbewusst den Farbton ihrer Mutter kopiert haben.

Runderneuert wie die Hausherrin präsentiert sich auch die Einrichtung der Villa. Ein ganzes Heer von Innenausstattern dürfte am Werk gewesen sein, um den angestaubten hanseatischen Schick durch ein leichteres, fernöstliches Designkonzept zu ersetzen. Klarheit und Struktur. Auf dem Dielenboden vor der Terrassentür liegt eine Yogamatte aus Reisstroh, daneben steht ein fast volles Wasserglas.

»Entschuldige die Unordnung. Ich war gerade dabei, meine Übungen zu machen.«

»Ich kann warten.«

»Ach, Unsinn, das läuft mir ja nicht weg. Wenn du schon mal hier bist. Setz dich doch.«

Bodenkissen, Zwergentisch. Lua bleibt stehen. Ihr Kopf arbeitet. Hat sie allen Ernstes geglaubt, sie könne hier einfach so hereinspazieren wie ein ganz gewöhnlicher Dieb und Norgard Köhler mit erhobener Waffe zur Herausgabe von Familiengeheimnissen zwingen? Einmal schnell zum Tresor, alles einpacken, was drin ist, und raus – schön wär's. Problem Nummer eins: Nicht mal in ihrer aufsässigsten Phase richteten sich Luas Aggressionen direkt gegen ihre Mutter, immer schon bevorzugte sie Gegenstände, produzierte Splitter, Scherben, Schrott. Problem Nummer zwei: Dass es hier einen Tresor gibt, steht fest. Doch er könnte längst leer sein. Der Code vergessen und verbrannt.

»Bitte, setz dich doch ... Entschuldige, möchtest du auch etwas trinken?« Norgard hat die Matte zusammengerollt und das Wasserglas geleert.

Wozu entschuldigt sie sich ständig? Sollte es zwischen ihnen wirklich etwas geben, das sie bereut?

»Nein, danke.«

Im Schneidersitz. Für Luas Mutter, kräftig und biegsam wie ein Bambus, die ideale Ruheposition. Überhaupt passt Norgard, das muss Lua zugeben, in ihre Asienkulisse wie Julius Fichte auf seinen Kutschbock. So sehen Menschen aus, die angekommen sind.

Was Lua schwerfällt: sich den Steuerberater auf einem Bodenkissen vorzustellen. Um überhaupt irgendwie einen Anfang zu machen, erkundigt sie sich nach ihm.

»Der ist ausgezogen.«

»Nein!«

»Doch. Wir lassen uns scheiden.«

»Da lebst du all die Jahre in Panik, meine Anwesenheit könnte deine zweite Ehe auch noch zerstören, und jetzt, wo ich quasi aus eurem Leben ausradiert bin, lässt er dich sitzen?«

Was ist das, was sie empfindet? Wut, Schadenfreude, Mitgefühl? Letzteres – so viel ist überdeutlich – hat Norgard nicht nötig. Zu offensichtlich geht es ihr gut, besser jedenfalls als zu irgendeiner Zeit in Luas Erinnerung.

»Er hat mich nicht sitzen lassen. Ich habe mich getrennt.«

Eindeutig: Wut.

»Ich fasse es nicht.«

»Ich weiß, was du jetzt denkst.«

Lua springt auf: »Du, Mutter, hast keinen Schimmer, was ich denke! Nie gehabt!«

Die Küche ist die alte. Der Tisch, an dem gefrühstückt wurde, der Hängeschrank, in dem die Kristallgläser stehen, die Fliesen, auf denen vor vielen, vielen Jahren eins der Gläser zerbrach – ihretwegen. Luas allererste Scherben.

Hier stand sie, fünf, maximal sechs Schleifen im Haar, in einer klebrigen Orangensaftpfütze, hier ging es ihr, laut Norgard, zu gut.

Vieles ist unverändert, nur das Gewürzregal, in das man den Blick versenken konnte, fehlt. Ein kleiner Schock, aber Lua ist nicht aufzuhalten.

Es ist ja keineswegs so, dass sie zum ersten Mal seit jenem Morgen wieder die Küche betritt. Doch zum ersten Mal ist Lua wieder die Fünfjährige, fühlt die Zopfschleifen genauso deutlich wie ihre neue Kurzhaarfrisur, wie den Graugoldehering und die Narbe am Finger, den Revolver in der Jackentasche.

Sie sieht das Malheur von einst am Boden, und als Norgard, die nun wahrscheinlich nicht mehr Köhler, sondern wieder Greve heißt, endlich die Courage aufbringt, Asien zu verlassen, um ihrer erwachsenen Tochter zu folgen, sieht sie es auch.

Das Kind.

Die Scherben.

Ja, Lua hat das Glas damals absichtlich fallen lassen.

Nein, es ging ihr keinesfalls zu gut.

»Was machst du hier?«

Auf eine Umarmung warten. Als Witwe und als kleines Mädchen.

»Lua, warum bist du hergekommen?« Norgard deutet auf den Revolverschaft, der aus Luas Tasche hervorlugt. »Und was ist das da? Wolltest du mich damit bedrohen?«

Lua nickt.

»Dann tue es auch.«

Was für ein Flehen!

Wie gut Lua das kennt!

Sie schauen sich an, Mutter und Tochter, werden einander gewahr. Einen Moment größerer Nähe hat sie mit Norgard nie erlebt – und es ist kein guter Moment. Der Gang durch einen Spiegel, der besser verhängt geblieben wäre. Ja, sie sind sich sehr ähnlich.

Lua ergreift den Revolver, streckt den Arm ungefähr in Norgards Richtung aus.

»Ist die geladen?«

»Ja.«

»Entsichert?«

Lua spannt den Hahn.

»Was willst du, Kind?«

Komm, Mutter, du weißt es genau!

»Warum?«, fragt Lua.

Verrückt: Sie hält die Waffe und ist dennoch diejenige, die gehorcht.

So muss es David ergangen sein, als er sie schlug.

»Warum hast du mich nie geliebt? Warum hasst du mich?«

Lua hört sich fragen, die Worte sind gleichzeitig zu groß und zu klein, passen vorn und hinten nicht. Auch war ihr Verlangen nach einer Antwort nie geringer. Was macht sie denn, wenn es keinen Grund gibt? Kommt es nicht ständig vor, dass Mütter ihre Töchter ablehnen? All die Kälte, die Ferne – einfach so, eine Laune der Natur. Eine Mutter, die grundlos nicht liebt. Oder, schlimmer noch: Wenn Norgard mit ihrer Ablehnung im Recht wäre. Wenn wirklich etwas mit Lua nicht stimmte, wollte sie es wissen?

Diagnose: liebensunwert.

Gibt es so etwas?

Falls ja, wird Norgard es ihr nicht verraten, das steht fest. Sie will schon, aber sie kann nicht. Lua sieht den Kampf in ihrem Gesicht. Ein altes Gesicht in einem jungen Körper. Sie hat schon zu viele Kämpfe ausgefochten.

Da steht Lua nun mit Davids Revolver und fühlt sich nicht mehr stärker, als sie ist.

Ohne Luas Zustimmung abzuwarten, greift Norgard nach dem Telefon, das im Netzteil auf der Arbeitsplatte auf seinen Einsatz wartet, und ruft in der Nachbarvilla an, Kurzwahl eins wie eh und je.

»Mattis, kommst du mal schnell rüber, bitte? Lua ist hier. Sie hat eine Waffe.«

Keine zwei Minuten später steht Luas Lieblingsonkel, provozierend rothaarig wie sie und auf wunderbare Weise baumesgleich, neben seiner Lieblingsschwester und sagt: »Lächerlich.«

Lua möchte ihm dafür um den Hals fallen. Sie lässt den Revolver sinken.

»Jetzt rede endlich mit ihr, Norgard. Sonst mach ich's.«

Da fährt Lua der Schreck in die Glieder. Es gibt ihn also: den einen großen Grund. Und sie will nun definitiv nichts mehr davon hören, würde vielleicht sogar schießen, wenn ihre Mutter jetzt auch nur ein Wort zu verlieren wagte, denn er, der Grund, hat sich ihr soeben selbst vorgestellt, präsentiert sich ihr nicht ohne Stolz in all seiner Anmut, seiner abgrundtiefen Hässlichkeit, in seinem gelebten Wahnsinn. Lua muss bloß noch hinsehen, und das tut sie auch, sehr lange, fassungslos, während ihre Mutter verbissen schweigt.

Norgard und Mattis.

Pech und Schwefel.

Mann und Frau.

Die Art, wie sie zusammenstehen – sie brauchen sich nicht mal zu berühren.

Auch so sind sie eins.

Und Lua? Liebensunwert, also doch! »Lebensunwert« hätte es früher geheißen. Auch heute noch gilt: abtreiben erlaubt, medizinisch angeraten sogar.

»Wie konntet ihr das tun?«

Norgard vergräbt das Gesicht in den Händen.

Licht strahlt durch das Fenster auf die Fliesen.

Würde es helfen, hier und jetzt in dieser Küche noch etwas zu zerbrechen, ein allerletztes Mal, bevor sie nie, nie wiederkommt?

Nein! Einen so großen Scherbenhaufen, wie es bräuchte, um Linderung zu spüren, kann nicht mal Lua erschaffen. Dafür gibt es auf der Welt einfach nicht genügend Glas.

»Weißt du noch«, fragt Mattis, »diese Abende beim Fliegen? Wenn der Himmel in Farben schwimmt und du weißt, du müsstest längst landen, es wird dunkel, deine Maschine ist nicht für den Nachtflug gerüstet, dir geht gleich der Sprit aus, aber trotzdem fliegst du weiter, fliegst und fliegst, als hättest du selbst plötzlich Flügel. Weißt du noch?«

Die Antwort lautet ja. Einmal, als David neben ihr im Cockpit saß, trieb Lua das Spiel fast bis zum Äußersten. Aber eben nur fast.

»Ich bin immer rechtzeitig runtergekommen«, sagt Lua.

Norgard schüttelt den Kopf. »Du hast deinen Mann erschossen«, ruft sie ihrer ungeliebten Tochter in Erinnerung.

Wie billig.

Luas Antwort knallt lauter als einst der Schuss: »Nein, das habe ich nicht.«

27

Ein einziger Schuss.

Das weiß Lua genau.

Nie hat sie das Gegenteil behauptet.

Ein Gewehr verhält sich anders als ein Revolver, das ist ihr klar. Aber inzwischen kennt sie beides, hat oft genug abgedrückt (zuletzt vor wenigen Stunden im elterlichen Garten, ein abschließender Test), um eines mit Gewissheit von sich sagen zu können: Wenn sie vorhat, in die Luft zu schießen, dann wird die Kugel ihr verfluchtes Ziel auch erreichen. Der Himmel ist unendlich und sie nicht unendlich blöd.

Sie hat David nicht erschossen.

Ihren Mann.

Wie konnte es ihr dennoch gelingen, allen – der Richterin, den Polizisten, dem Staatsanwalt – ihre falsche Version der Geschichte und damit letztlich ihren Willen aufzuzwingen? Wieso machte nicht mal das Fehlen der Leiche ihrem Selbstbetrug ein Ende?

Sein Grinsen, als er ins Wasser stürzte. Sie ist sich jetzt sicher, dass er gegrinst hat.

David lebt!

Lua fleht, dass es stimmt.

Dass sie sich diesmal nicht belügt.

Lua steuert den Lada über die Autobahn, Richtung Kaltes Tal, also heimwärts. Kurz hinter Hannover muss sie tanken, durstig ist sie auch. Ein freundlicher Kellner serviert Raststättenkaffee, der nach Italien schmeckt statt nach Raststätte, was David sicher gleich wieder provozieren würde. Auf einmal versteht sie, warum. Verlorene Identität.

Während sie zwei ältere Paare dabei beobachtet, wie sie sich mit Prosecco zuprosten (in einer Raststätte!), verspürt sie Neid und ein tiefes Bedürfnis nach Normalität. Sie fragt sich, ob »normal« für jemanden wie sie überhaupt ein erreichbarer Zustand ist. Ein Ideal ist es allemal.

Lua ruft Mattis an, er geht sofort an sein Handy. Der gute »Onkel«! Immer für die Familie da. Kein Wunder, dass er nie eine eigene brauchte.

Ohne Umschweife fragt sie: »Seid ihr euch sicher? Bin ich wirklich euer Kind?«

Mattis atmet schwer. »Nein, sicher waren wir uns nie. Deine Mutter war schließlich verheiratet, als du zur Welt kamst.«

»Norgards Haare, sind die wirklich braun?«

»*Frosty Praline*«, sagt er triumphierend. »Die Haare deiner Mutter waren früher mal rot.«

Lua legt auf, minimal erleichtert. Sie beschließt: Das Gehörte reicht ihr als Antwort, weil es reichen muss. Bewiesen ist also nichts. Das wird sie David mitteilen, sobald sie ihn gefunden hat: *Es gibt Hoffnung. Ich habe angefangen herauszufinden, wer ich bin. Mehr als das, was ich jetzt schon weiß, müssen wir nie erfahren, wenn wir nicht wollen.*

Moment, gibt es das überhaupt noch: ein *wir?*

Wieso nicht?

Ein Anrecht darauf hätte Lua jetzt, hat sie doch alles getan, was David wollte, um ihrer Ehe eine letzte Chance zu geben: die richtigen Fragen gestellt, ihr Puzzle zusammengesetzt. Und so sieht es aus:

David hat auf eine sehr eigene Art (und eigen war er ja immer) mit ihr Schluss gemacht, ein spontaner Akt nach ihrem letzten Streit. Eine seiner Waldschrat-Ideen. Da versteckt er sich im Kalten Tal vor der ganzen Welt, aber vor allem vor seiner Frau, seiner Ehe, seinem Leben. Und warum? Womöglich kennt er ihr Geheimnis längst (wahrscheinlich hat ein Anruf bei seinem Buddy Mattis gereicht!), und es stößt ihn ab, wer sie wirklich ist. Was sie ist! Gleichzeitig jedoch kommt er nicht von ihr los, ist im Herzen noch immer *ihr Mann*, ist *mit ihr*, darum der Spuk, der Eheringklau.

Lua stellt sich vor: Man lacht über sie. Alle wissen Bescheid, von Fichte bis Gunni, die Ottes sowieso, die wissen ja immer alles. Deshalb wollten sie Lua so eilig loswerden. Damit David nicht auffliegt. Einer von ihnen.

Ein Scheißkerl, also doch, ein Kosak, Tatar, Rabe, egal, jedenfalls ist seine Seele, falls ihre Theorie stimmt – was Lua ebenso hofft wie fürchtet –, ein schwarzes Nichts. Vielleicht schläft er mit Nadja. Vielleicht ist Otte (selbst ein Ehebrecher) dahintergekommen und hat seiner Frau deshalb ein blaues Auge verpasst.

Lua trinkt ihren Kaffee aus.

Ist das wirklich ihr Mann, von dem sie da phantasiert? Ein so fremder Fremder?

Andererseits: Wer Tiere quält, macht auch vor Ehefrauen nicht halt.

28

Alle schauen auf Lua. Wie sie die Kurve am Bahnübergang rasant nimmt, wie der Lada hinten ausbricht. Reifen quietschen, schwarze Augenpaare werden aufgerissen, Köpfe geschüttelt – doch Lua ist nicht Johanna, wer fliegen kann wie sie, kann auch Auto fahren, meistert jede Straße, asphaltiert, geschottert, krumm, geradeaus. Mühelos bringt sie den Wagen unter Kontrolle und vor der Kupferkanne zum Stehen. Wirbelt Staub auf. Erbin der Goldenen Horde, angeheiratet.

Was glänzen die Kalten Kehlen mit dem Abendhimmel um die Wette, so graugolden, so bedingungslos auf ihrer Seite.

Hat sie sonst noch heimliche Verbündete hier? Leider keine. Wie die schon auf sie schauen, die Allesseher, Alleswisser.

Sehen gewiss, was sich da in ihrer Jackentasche beult, als Lua aussteigt. Wissen aber auch, dass sie das Westernspielzeug kaum abfeuern wird, jedenfalls nicht in ihre Richtung.

Wie um Himmels willen soll man auch nur einen dieser Raubvögel zum Reden bringen?

Und wen?

Schon seltsam, sie alle hier in der Dorfmitte versammelt vorzufinden, Edelweißabzeichen, wohin man blickt, wie einbestellt für diesen Moment.

Wirklich alle?

Zumindest alle, die sie kennt: Julius Fichte mit Ehefrau Hilde, Wirtsleute und Personal von Rabeneck und Kupferkanne, Davids Jägerfreunde, Nadja natürlich …

Also doch nicht alle! Otte fehlt, wie konnte sie den bloß vergessen? Jetzt kapiert sie auch, was vor sich geht: Das ehrenamtliche Großreinemachen im Dorf steht an, zu dem die Bergwacht jede Vorsaison geschlossen antritt. Klar, dass Otte da keinen Finger rührt – unter seiner Würde. Ist das Fußvolk ohne König, bleibt Lua nur die Königin. Wozu ist man befreundet? Noch.

Nach Freundschaft ist Lua zwar nicht mehr zumute, freundlich zu bleiben ist dennoch ihr Plan. Bewaffnet mit ihrem Kassiererinnenlächeln, nimmt sie Nadja ins Visier, geht entschlossen auf sie zu – das Kalte Tal und seine Kinder halten die Luft an, sogar der Fluss steht still.

»Ich weiß Bescheid, Nadja. Und jetzt bring mich zu ihm. Bitte!«

Was blitzt da in Nadjas Gesicht auf?

Erleichterung?

Ein Blockhaus im Nationalpark, eine Jagdhütte, die ihrem Namen gerecht wird: spartanisch, ohne Küche, ohne Ehebett, ohne Strom und fließend Wasser.

Eine Höhle im Harzer Granit.

Eine Villa mit Säulen und Tonstudio, von wo aus Davids Musik unter neuem Pseudonym um die Welt geht.

Ein Baumhaus.

Ein Zelt.

Ein Wohnmobil.

Lua hat vieles im Sinn, als sie sich von Nadja den Weg zeigen lässt. Ihr Hirn ist vollauf damit beschäftigt, eine Vision nach der anderen vor ihrem inneren Auge lebendig werden zu lassen, sodass sie die Asphaltstraße, den Hals, kaum wahrnimmt, zumal der Lada die Strecke fährt wie von selbst. Schnurrend, der dicke rostige Kater.

Bis sie vor ihrem eigenen Haus angelangt sind.

»Hier?«

Nadja, geradezu freudig: »Ja, klar!«

Also dann zu Fuß weiter. Lua, aufgeregt wie vor einem ersten Date, macht sich auf eine Wanderung gefasst, ist froh, dass die Sonne noch nicht hinter den Bergkämmen verschwunden ist. Der Sommer kann kommen, die langen Tage sind da. Wie verboten schön wäre es, sie gemeinsam mit David zu verbringen, ihre Wange an seine zu legen, sich an ihn zu lehnen, Herz, Sehnen und Muskeln unter seiner Haut zu fühlen, lebendiger denn je, *ihr Mann*, das ist und bleibt er, Scheißkerl oder nicht, sie kriegen das hin. Jeder macht Fehler, auch große. Drei Jahre Knast ohne Tat – geschenkt.

So vieles ist klar und doch ohne Bedeutung:

Sie sollte wütend sein.

Geschwister sollten geschwisterlich fühlen.

So groß Luas Verlangen nach der richtigen Berührung auch sein mag, eine falsche braucht sie nicht: Dass Nadja beim Anstieg über die Hauswiese ihre Hand hält, findet sie unangemessen. Etwas dagegen zu unternehmen erübrigt sich jedoch, weil zum x-ten Mal Nadjas Handy klingelt, eigentlich klingelt es ununterbrochen, seit sie zu ihr in den Lada stieg. Nadja lässt Lua los und nimmt den Anruf entgegen.

»Nein ... nein! Vergiss es. Ich sag's ihr jetzt, ich kann nicht mehr! Es ist aus. Außerdem sind wir schon da.«

Telefonat beendet.

Wie: schon da?

»Ich sagte doch hier, Lua. Hier genau!«

Sie stehen noch immer auf der Hauswiese, das Gras unter ihren Füßen eine Spur weicher als gewöhnlich. Große schwarze Vögel, die über ihnen kreisen. Lua begreift: Es ist genau die Stelle, wo sie neulich schlief – zum Erstaunen, nein, Entsetzen von Otte. Jetzt endlich weiß sie auch, was ihn so frappierte.

Heulen, Kreischen, Schreien – sämtliche Schreckenslaute muss der Fluss, müssen seine Kalten Kehlen für Lua übernehmen, damit der Wald, die Steine, die Tiere und Menschen verstehen: Ihre Verzweiflung ist ein Blitz, der Berge in tiefe Täler spaltet und in ihnen strömt.

David lebt nicht mehr.

Stirbt gerade jetzt für Lua ein weiteres Mal.

Immer nur den einen lieben, zweimal seine Witwe werden – wie soll sie das aushalten?

Lua geht in die Knie. Hier also haben sie seine verschollene Leiche verscharrt. Nadja – und Otte.

Aber warum haben sie das getan?

Nadja bemerkt Luas Entsetzen und hebt wie zur Entschuldigung die Hände. »Du sagtest, du weißt Bescheid.«

»Dass David tot ist?«

»Logisch ist der tot!«

»Also habe ich ihn doch erschossen.«

»Du?« Nadja lacht auf. »Du erschießt niemanden, Lua, du nicht, dafür bist du viel zu harmlos. Du lässt dich eher totprügeln. *Ich* habe geschossen, um dich zu retten, *ich*! Und was machst du? Suchst dir jemand Neues … Eine blöde Kuh mit Buddy-Holly-Brille!«

»Wie … wie konntest du –?«

»Ich konnte, weil du nicht konntest. Um deinen Mann tat's mir sogar leid, wir waren schließlich mal Freunde. Schau mich nicht so an, als wäre ich ein Monster. Ich hab mich um sein Grab gekümmert! Ich habe ihm Narzissen gebracht – deinetwegen! Alles nur für dich. Ich habe dich geliebt! Und ich kann immer noch nicht damit aufhören, ist es nicht verrückt?«

Nadjas Gelächter geht in Weinen über.

Verrückt, keine Frage.

Lua schaut weg, hört weg, lauscht lieber den Kehlen.

Nadja und sie?

Da war nichts.

Überall Liebe, die keinen Sinn ergibt.

Wann hat sie Nadja Hoffnungen gemacht?

Und worauf?

Noch immer kniend greift Lua zum Revolver: So harmlos ist sie nun auch wieder nicht. Sie weiß, sie wird abdrücken, mehr als einen einzigen Schuss abfeuern, und diesmal sicher nicht in die Luft.

Und doch zögert sie.

Verschließt die Augen vor dem Moment, wie so oft. Wie David das an ihr hasste!

Erst scheint sie zu fallen, doch dann steigt sie auf, sieht mit geschlossenen Augen wie durch einen Schleier alles von oben:

Davids Grabstein im Himmelsgarten, wo seine Gebeine nicht ruhen.

Johanna auf der Hängematte, ihr mütterliches Gesicht hinter dicken Brillengläsern. Auch sie braucht nun ihretwegen ein Grab.

Norgard und Mattis.

Nur für die eifersüchtige Nadja war sie blind.

Hat Lua sie überhaupt jemals richtig wahrgenommen?

Ein Stiefeltritt gegen ihr Handgelenk. Lua reißt die Augen auf, als die Waffe im hohen Bogen davonfliegt.

Vor ihr steht Otte, der es gar nicht abwarten kann, sich ins Spiel zu bringen. Das Jagdgewehr in den Händen, ist er bereit, Nadja den Arsch zu retten. Seiner Frau. Eine Ehre, die er sich, davon ist Lua überzeugt, auch schon vor dreieinhalb Jahren nicht hat nehmen lassen. Er ist ein Idiot, wie alle Liebenden. Alles würde er für Nadja tun, genau wie Lua für David. Wirklich alles. Sogar einen Mord vertuschen. Dumm bloß, dass die Rabenseele, die einen Verbrecher aus ihm machte, immer noch mehr an Luas Arsch interessiert zu sein scheint als an dem seiner Frau – oder gar seinem eigenen.

»Spinnst du?«, fragt Nadja, als Otte auf Lua anlegt. »Lass sie! Was kann sie dafür?« Und weinend an Lua gewandt: »Lauf weg! Na los, hau ab! Verpiss dich endlich! Renn und komm nie wieder!«

Ein wahrhaft vernünftiger Vorschlag für eine Verrückte.

Lua läuft los. Stoppt noch einmal, geistesgegenwärtig wie sonst nur im Cockpit eines Hubschraubers, und klaubt den Revolver von der Wiese, einst Davids bester Freund. Neuerdings ihrer.

In ihrem Rücken hört sie, wie Otte und Nadja aufeinander losgehen.

Lua rennt. Wolkenschatten ziehen wie Sensen über die blühenden Gräser unter ihren Füßen. Zweige schlagen ihr ins Gesicht. Die Augen beginnen zu tränen, sodass sie sich fast blind vorantasten muss. Dennoch bleibt sie nicht stehen, fällt nicht. Niemand hat sie jemals auf so etwas vorbereitet, aber ihr Körper funktioniert, während ihr Geist noch stur auf der Hauswiese verweilt – an Davids geheimem Grab – und nur widerwillig registriert, was geschehen ist. Stück für Stück.

Wenigstens weiß sie jetzt, dass er noch lebte, als er in den Fluss fiel, sein Grinsen war echt: David hat sich einen Spaß mit ihr erlaubt, den toten Mann bloß gespielt. Das heißt: In seinen Augen war die Auseinandersetzung zu Ende. Sein dummer Streich war bereits der Anfang einer Versöhnung, die ihnen beiden viel Vergnügen bereitet hätte. Also sind sie nicht im Schlechten auseinander! Was für ein Trost.

Wie hätte David ahnen sollen, wer da in der Dunkelheit auf ihn lauerte, um eine Gelegenheit beim Schopf zu ergreifen? Nadja wusste genau, wo er aus dem Wasser steigen würde – auf der Jungferninsel.

Plötzlich erinnert Lua sich wieder: Es war nicht nur ein Schuss, der die helle Nacht zerriss, der eine, ihrer, war nur der Anfang.

Hat sie sie wirklich nicht wahrgenommen, die Salve von Schüssen, die später noch fiel?

Nur in ihren Träumen.

Da haben immer viele Schüsse geknallt – die sie für ein Echo des ersten hielt. In Wirklichkeit war zwischendurch jede Menge Zeit vergangen. Zeit, in der David die Insel erreicht hatte, wo Nadja, seine Mörderin, ihn schon erwartete.

Auf einmal passt alles zusammen. Lua versteht: Nicht jedes Mal in den letzten Wochen, wenn David ihr erschien, ging mit ihr die Phantasie durch. Oft war Nadja der Spuk. Kein Untoter, sondern die wilde schwarzhaarige Nadja in ihrem eigenen Bergwacht-Parka.

Nadja, wie sie auf den Straßenbahngleisen balanciert.

Nadja, wie sie die Autoscheibe einschlägt, wie sie in Luas Wohnung eindringt und ihre Sachen durchwühlt, den Ring klaut, den Otte später für sie zurücklegt.

Wie sie den Lada fährt und zuletzt das Fenster der Jagdhütte zerschießt.

Nadja, ihr Schatten.

Nie zeigte sie sich ganz, aber gänzlich verbergen schien sie sich auch nicht zu wollen.

Nadja, die nicht von ihr loskam.

Ihretwegen haben Fichtes Hunde gebellt, als David starb: Sie sind keine Kläffer, sie hassen Ottes Frau, drehen durch, wann immer sie in der Nähe ist. Ein Phänomen, über das im Dorf oft geredet wurde. Wahrscheinlich war sie es, die zum Zeitvertreib auf Kaninchenohren schoss. Weil sie verrückt war!

Als Nadja David tötete, muss sie geglaubt haben, sie tue Lua einen Gefallen. Der Mord an Johanna hingegen war dann schon rein egoistischer Natur.

Hinter ihrem Rücken knallt es laut, es klingt wie Davids verschollenes Gewehr. Lua zuckt zusammen. Ein Schuss, im Hier und Jetzt, der wohl ihr gilt. Wenn Otte ernsthaft den Wunsch verspürt, sie aus dem Weg zu räumen, werden weitere folgen. Sie schaut nicht zurück, um es herauszufinden.

Als sie die neue Brücke überquert hat, wird wieder geschossen. Lua fliegen Späne und Blattwerk um die Ohren, so nah trifft die Kugel aufs Unterholz. Es riecht nach Zunder und Chlorophyll. Ein schriller Schrei hallt durch das Tal, halb animalisch, halb menschlich, Lua hat ihn schon einmal gehört, neulich, als sie vor dem Steinschlag in die Höhle floh. Jetzt weiß sie, zu wem er gehört. Otte, der weiße Rabe.

»Lauf doch«, schreit Nadja.

Otte: »Bleib stehen!«

Den Teufel wird sie tun.

Endlich allein. Erschöpft blickt Lua ins Kalte Tal.

Warm blickt es zurück.

Menschen wurden getötet, doch der Tod ist hier so normal wie das Leben, das immer wieder neu entsteht. Tag um Tag, Sekunde um Sekunde. Ein neuer Mord und nichts hat sich verändert, alles Schöne, Erhabene ist geblieben, es strahlt sie an: Leichter Dunst über dem Fluss, Sonne auf der Bergflanke im Westen, zinnoberrot brechen die letzten Strahlen durch hohe Stämme, doch die Schatten werden länger, werden bald Nacht.

Das Hämmern eines Spechts.

Der Flügelschlag eines Raubvogels auf Beutezug ganz in der Nähe.

Polternder Steinschlag.

Ein morscher Ast, der bricht und zu Boden fällt.

Immer noch knallen Schüsse in der Ferne, doch Lua ist schon längst in Sicherheit, nichts hält sie mehr auf.

Dreiunddreißig, Witwe und wie durch ein Wunder am Leben. In ihrer Freiheit voll und ganz angekommen.

EPILOG

In der Höhe das Blau:

Da bist du.

Fliegst und atmest, atmest und fliegst, für dich ist es leicht.

Du bist ohne Gewicht.

Deine stählerne Libelle, Flügel aus Titan, die du spielend beherrschst.

Manchmal, wenn deine Route es zulässt, kommst du vorbei, um uns von oben zu sehen, unser Wirbeln und Strömen durch die Zeit.

Ab vom Schuss.

Du siehst, was du zu sehen verlangst.

Einen blauen Kleinwagen, wie er mitgerissen wird und schließlich versinkt, während wir mit Dingen spielen, die wir nicht hergeben mögen, eine hässliche Brille zum Beispiel, ein elegantes Gewehr.

Da ist dein Mann, wie er sich treiben lässt. Erkennst du ihn wieder? Ein erfahrener Schwimmer. Er war unversehrt, als er aus dem Wasser stieg, und er starb, bevor er begriff, was vor sich ging, so schnell passierte es. Eine Salve von Gewehrschüssen. Die du nicht hast hören wollen. Später dann kamen sie zu zweit, um ihn verschwinden zu lassen.

Wir hatten nichts damit zu tun.

Wir nehmen, was wir kriegen können.

Ihn haben deine falschen Freunde gekriegt. Und wir kriegten sie, nachdem du fort warst.

Schon wieder eine Schießerei. Ob er sie zuerst traf oder sie ihn, wen interessiert das schon. Am Ende haben sie sich irgendwie verdient, würdest du sagen.

Und du, was verdienst du?

Deine rechte Hand am Stick, an der zyklischen Steuerung, die während des Fluges nie losgelassen werden darf ... Da funkelt etwas. Ja, das Graugold fasziniert dich noch immer, wie es das Licht auffängt und einschließt, sein edler Schimmer lässt dich nicht los. Deine Ehe lässt dich nicht los.

Witwe, nimm den Ring ab. Überlasse ihn uns.

Hörst du uns noch?

Auf zu neuen Ufern! Rette dich selbst! Folge uns dorthin, wo alle Wünsche in einen einzigen münden: erkannt zu werden. Im Innern wie im Äußeren mäandernd, unbegradigt.

Erst danach beginnt das, was ihr Liebe nennt. Wir nennen es Fließen.

Komm zurück zu uns! Komm runter da oben, bring deine Freunde und deine Feinde mit, alle!

Schickt die Verlorenen zu uns.

Sie werden sich finden.